大家小书

北宋词境浅说

俞陛云 著

北京出版集团公司
北京出版社

图书在版编目（CIP）数据

北宋词境浅说 / 俞陛云著．— 北京：北京出版社，2016.7（2024.8重印）

（大家小书）

ISBN 978-7-200-12077-6

Ⅰ．①北… Ⅱ．①俞… Ⅲ．①宋词—诗词研究—北宋 Ⅳ．①I207.23

中国版本图书馆CIP数据核字（2016）第076989号

总策划：安　东　高立志　　责任编辑：乔天一

· 大家小书 ·

北宋词境浅说
BEI SONG CIJING QIANSHUO
俞陛云　著

*

北京出版集团公司
北京出版社　出版
（北京北三环中路6号　邮政编码：100120）
网　　址：www.bph.com.cn
北京出版集团公司总发行
新　华　书　店　经　销
北京华联印刷有限公司印刷

*

880毫米×1230毫米　32开本　6.5印张　106千字
2016年7月第1版　2024年8月第5次印刷
ISBN 978-7-200-12077-6
定价：45.00元
质量监督电话：010-58572393

序　　言

袁行霈

"大家小书",是一个很俏皮的名称。此所谓"大家",包括两方面的含义:一、书的作者是大家;二、书是写给大家看的,是大家的读物。所谓"小书"者,只是就其篇幅而言,篇幅显得小一些罢了。若论学术性则不但不轻,有些倒是相当重。其实,篇幅大小也是相对的,一部书十万字,在今天的印刷条件下,似乎算小书,若在老子、孔子的时代,又何尝就小呢?

编辑这套丛书,有一个用意就是节省读者的时间,让读者在较短的时间内获得较多的知识。在信息爆炸的时代,人们要学的东西太多了。补习,遂成为经常的需要。如果不善于补习,东抓一把,西抓一把,今天补这,明天补那,效果未必很好。如果把读书当成吃补药,还会失去读书时应有的那份从容和快乐。这套丛书每本的篇幅都小,读者即使细细地阅读慢慢地体味，也花不了多少时间，可以充分享受读书的乐趣。如果把它们当成补药来吃也行，剂量小，吃起来方便，消化起来也容易。

我们还有一个用意，就是想做一点文化积累的工作。把那些经过时间考验的、读者认同的著作，搜集到一起印刷出版，使之不至于泯没。有些书曾经畅销一时，但现在已经不容易得到；有些书当时或许没有引起很多人注意，但时间证明它们价值不菲。这两类书都需要挖掘出来，让它们重现光芒。科技类的图书偏重实用，一过时就不会有太多读者了，除了研究科技史的人还要用到之外。人文科学则不然，有许多书是常读常新的。然而，这套丛书也不都是旧书的重版，我们也想请一些著名的学者新写一些学术性和普及性兼备的小书，以满足读者日益增长的需求。

"大家小书"的开本不大，读者可以揣进衣兜里，随时随地掏出来读上几页。在路边等人的时候，在排队买戏票的时候，在车上、在公园里，都可以读。这样的读者多了，会为社会增添一些文化的色彩和学习的气氛，岂不是一件好事吗？

"大家小书"出版在即，出版社同志命我撰序说明原委。既然这套丛书标示书之小，序言当然也应以短小为宜。该说的都说了，就此搁笔吧。

俞陛云释词"义"和"趣"

马东瑶

俞陛云（1868—1950），浙江德清人，字阶青，别号斐盦、乐静、乐静居士，晚号乐静老人、存影老人、娱堪老人，室名乐静堂、绚华室，近代知名学者、诗人，是清末经学大师俞樾之孙，现代著名文学家俞平伯之父。

《唐五代两宋词选释》是俞陛云编撰的著名唐宋词选本，曾以《唐词选释》《五代词选释》《南唐二主词辑述》与《宋词选释》为题陆续发表；这次前三种以《唐五代词境浅说》为名，第四种拆分为《北宋词境浅说》与《南宋词境浅说》，分别收入"大家小书"。这个选释，或者两种词境浅说，共收唐词二十三家，六十首；五代词二十五家，一百八十三首；宋词七十二家，六百六十六首。合计词人一百二十家，词九百零九首，非常丰富。

本书有着鲜明的选编特色，按俞陛云在《五代词选释·序》中所说，在于"申其义而畅其趣"。以下将就其"义"和"趣"略作申述。

俞陛云认同张惠言"寄托"说,在唐和五代词选释的两篇序中,都强调了词人"以曼辞俳体寓其忠笃悱恻之思"的特色;于具体的词作阐释中,也每每知人论世,着意申发作者翠帘红袖的书写背后的家国之思、怨悱之旨和黍离之叹。如唐代选温庭筠词最多,共十三首,又以《菩萨蛮》四首为首,在词后释读中,俞陛云指出:"张皋文云'此感士不遇也',词中'青琐金堂,故国吴宫,略露寓意',其言妆饰之华妍,乃'《离骚》初服之意'。"不同于将温庭筠词多归于"应歌之作"的现代阐释,俞陛云将温词纳入了诗歌史的香草美人引类譬喻系统。俞氏又选张志和《渔歌子》词五首,释之曰:"自来高洁之士,每托志渔翁";"观其每首结句,君子固穷,达人知命,襟怀之超逸可知。"在五代词中,则选冯延巳词五十首、李煜词二十七首、韦庄词十六首,同样以君国之思阐发之。如评冯延巳:"南唐末造,冯蒿目时艰,姑以愁罗恨绮之词,寓忧盛危明之意耳……旨隐而词微,其忧危之念,借词以发之。"选李煜词虽不及冯延巳多,但据王仲闻《南唐二主词校订》,李煜现存词共三十三首、附录二十首,则俞本二十七首的选目已过半数。多选李煜词,同样是因其以词抒写遭逢亡国的哀思绮恨。

在两宋词中，与现代阐释的最重苏轼、辛弃疾、李清照等不同，俞陛云选词最多的是周邦彦六十五首、张炎六十首、吴文英五十四首、贺铸四十二首，另有王沂孙、周密、史达祖等选词都在三十首以上，与苏、辛不相上下。这些词人中，除了周邦彦是俞陛云在艺术上最为看重的格律派之祖（书中引夏孙桐语将之视为"与史迁之文、杜陵之诗同为古今绝作，无与抗手者"的"词中之圣"），其他多为南宋中后期乃至易代之际的作家，俞氏每每叹息于词中的君国之思、黍离之感，其中或许有着他历经清朝覆灭、民国变乱、日人侵华等种种遭际的切身体会吧。如俞氏选遗民词人张炎的词共六十首，为南宋之冠。张炎推赏姜夔词的"清空""骚雅"，自身词作亦多有此特色。俞陛云也提到："玉田与姜白石齐名，世有姜张之目。"然而姜夔存词八十余首，俞氏只选了二十二首，张炎存词一百五十首，俞氏选词六十首，显然更重玉田。且他在词后释读中称张炎"佳句尚多，附录于后"，又录录了张炎十六首词中的句子，对张炎可谓格外偏爱。其缘由，除了艺术上的"雅丽"，恐与张炎词的君国之思、黍离之感有莫大关系。

至于"趣"，则是艺术表现上的佳妙之处。俞氏虽重视词中"寄托"，却并不拘泥于此，指出："亦有返虚入浑，以无寄托为高者。"综观俞氏的词序与选释，既能在具体作品的品评中分析章法、句法和词境,将不同词家的个性风貌简语道出,又体现出对词史发展的总体把握。如俞氏论唐词,"群奉瓣香于两宋,而唐贤实为之基始";论五代词则曰:"承六朝乐府之余响,为秦、黄、欧、晏之传薪,其文丽以则,其气高而浑,卓然风人之正轨也";"嗣响唐贤,悉可被之乐章,重在音节谐美,不在雕饰字句。而能手作之,声文并茂。"指出两宋词是词史上最繁盛的时期,而其奠基则在唐代,再往上追溯,则是六朝乐府,从而将词史归于大诗歌史,体现出对词的"尊体"态度。另一方面,俞氏则颇有"崇古"之意,他虽欣赏南宋格律词的精深华美,却又往往赞叹唐五代词的"格高气盛""调高意远",称其音节谐美,浑然天成,将之树为词的高标。

俞氏在具体作品的探讨中,亦往往贯穿其词史观,注意词在不同时期、不同作家笔下的发展流变。如评李珣《南乡子》八首:"咏南荒风景,唐人诗中以柳子厚为多。……荔子轻红,桄榔深碧,猩啼暮雨,象渡瘴溪,更萦以艳情,为词家特开新采。"指出李珣词题材内容上的新变。俞氏还常在与诗的比较中凸显其词体意识。如评吴文英《满江红·淀山湖》曰:"'疏钟'二句极有疏隽之味,是词句,非七律中句,且系宋人佳咏,非唐人风格。"其中不仅涉及词与诗的文体差别，更涉及宋诗与唐诗的风格差别，读者若细细体味，必有所得。俞氏又引《弇州山人词评》称李璟《摊破浣溪沙》"青鸟不传云外信，丁香空结雨中愁"二句为"非律诗俊语乎？然是天成一段词也，著诗不得"，同样论及词中七言与律诗七言的差异。至于评辛弃疾《鹧鸪天》（陌上柔桑破嫩芽）一类"稼轩集中多雄慨之词，纵横之笔，此调乃闲放自适，如听雄笳急鼓之余，忽闻渔唱在水烟深处，为之意远"，则是以诗意之语写艺术之"趣"，不难看出《二十四诗品》的诗学遗韵。

本书编撰于上世纪四十年代，书中难免存在一些当时尚未发现的文献舛误。如书中所选李璟《浣溪沙》（风压轻云贴水飞）实为苏轼作，《帝台春》（芳草碧色）实为宋李甲作；李煜《长相思》（一重山）实为宋邓肃作，《浣溪沙》（转烛飘蓬一梦归）实为冯延巳作。读者当明辨之。

至于俞氏不选李清照、少选柳永，乃其词学观之体现，自是不可苛求。

2016年1月2日

目　录

001　/　陈亚　一首

002　/　柳永　八首

008　/　张先　七首

013　/　晏殊　十首

019　/　欧阳修　十六首

028　/　解昉　一首

029　/　章棨　一首

030　/　晏几道　三十一首

046　/　王观　四首

049　/　张舜民　一首

050　/　苏轼　三十六首

072　/　李之仪　一首

073	/	孔平仲　一首
074	/	王雱　一首
075	/	张景修　一首
076	/	黄庭坚　七首
081	/	郑仅　一首
082	/	李元膺　一首
083	/	秦观　二十五首
097	/	米芾　一首
098	/	赵令畤　三首
100	/	贺铸　四十二首
124	/	僧仲殊　一首
125	/	周邦彦　六十五首

166 / 司马槱 一首

167 / 秦湛 一首

168 / 王安中 二首

170 / 叶梦得 四首

174 / 汪藻 一首

175 / 曹组 一首

176 / 蒋元龙 一首

177 / 程过 一首

178 / 房舜卿 一首

179 / 李玉 一首

180 / 杨无咎 一首

陈亚 一首

生查子

相思意已深,白纸书难足。字字若参商,故要檀郎读。
分明记得约当归,远至樱桃熟。何事菊花时,犹未回乡曲。

写闺情有乐府遗意。吴处厚评此调云:"虽一时俳谐之词,寄兴亦有深意。"

柳永　八首

玉胡蝶

望处雨收云断,凭阑悄悄,目送秋光。晚景萧疏,堪动宋玉悲凉。水风轻、蘋花渐老,月露冷、梧叶飘黄。遣情伤。故人何在,烟水茫茫。　　难忘。文期酒会,几孤风月,屡变星霜。海阔山遥,未知何处是潇湘。念双燕、难凭远信,指暮天、空识归航。黯相望。断鸿声里,立尽斜阳。

"水风"二句善状萧疏晚景,且引起下文离思。"情伤"以下至结句黯然魂消,可抵江淹《别赋》,令人增《蒹葭》怀友之思。

少年游

参差烟树灞陵桥。风物尽前朝。衰杨古柳,几经攀折,憔悴楚宫腰。 夕阳闲淡秋光老,离思满蘅皋。一曲阳关,断肠声尽,独自上兰桡。

上阕苍凉怀古,下阕伤离怨别,与前首略同。"阳关"三句有曲终人远之思。

蝶恋花

独倚危楼风细细。望极离愁,黯黯生天际。草色山光残照里。无人会得凭阑意。 也拟疏狂图一醉。对酒当歌,强乐还无味。衣带渐宽终不悔。为伊消得人憔悴。

长守尾生抱柱之信,拼减沈郎腰带之围,真情至语。此词或作六一词,汲古阁本则列入《乐章集》。

斗百花

煦色韶光明媚。轻霭低笼芳树。池塘浅醮烟芜,帘幕闲垂风絮。春困厌厌,抛掷斗草工夫,冷落踏青心绪。终日扃朱户。　远恨绵绵,淑景迟迟难度。年少傅粉,依前醉眠何处。深院无人,黄昏乍拆秋千,空锁满庭花雨。

前后段皆状春闺娇慵之态,惟转头处略见怀人。屯田摹写情景,颇似清真,而开合顿挫,视清真终隔一尘。

诉衷情近

幽闺昼永,渐入清和气序,榆钱飘满闲阶,莲叶嫩生翠沼。遥望水边幽径,山崦孤村,是处园林好。　闲情悄。绮陌游人渐少。少年风韵,自觉随春老。追先好。帝城信阻,天涯目断,暮云芳草。伫立空残照。

上下阕分写情景。"少年风韵"二句寄慨良深,有"春来懒上楼"之感。结句余韵不尽。

倾杯乐

木落霜洲,雁横烟渚,分明画出秋色。暮雨乍歇。小楫夜泊,宿苇村山驿。何人月下临风处,起一声羌笛。离愁万绪,闻岸草、切切蛩吟如织。　　为忆芳容别后,水遥山远,何计凭鳞翼。想绣阁深沉,争知憔悴损、天涯行客。楚峡云归,高阳人散,寂寞狂踪迹。望京国。空目断、远峰凝碧。

> "暮雨"三句音节极清峭。毛晋谓屯田词"音调谐婉,尤工于羁旅悲怨之辞",此作克副之。

雨淋铃　秋别

寒蝉凄切。对长亭晚,骤雨初歇。都门帐饮无绪,方留恋处,兰舟催发。执手相看泪眼,竟无语凝噎。念去去、千里烟波,暮霭沉沉楚天阔。　　多情自古伤离别。更那堪、冷落清秋节。今宵酒醒何处,杨柳岸、晓风残月。此去经年,应是良辰、好景虚设。便总有、千种风情,更与何人说。

首三句虚写送别时之秋景，后乃言留君不住，别泪沾巾，目送兰舟向楚水湘云而去，举别时情事，次第写之。后半起句用提空之笔，言南浦、阳关，为自古伤心之事，况凉秋远役，遥想酒醒梦回，扁舟摇漾，当在垂杨岸侧、晓风残月之中。客情之凄其，风景之清幽，怀人之绵邈，皆在"杨柳岸"七字之中，宜二八女郎红牙按拍，都唱屯田也。此七字已探骊得珠。后四句乃叙别后之情，以完篇幅。后阕以"自古伤离""更与何人说"二语作起结，提得起，勒得住，能手无弱笔也。

八声甘州

对潇潇暮雨洒江天，一番洗清秋。渐霜风凄紧，关河冷落，残照当楼。是处红衰绿减，冉冉物华休。惟有长江水，无语东流。　　不忍登高临远，望故乡渺邈，归思难收。叹年来踪迹，何事苦淹留。想佳人、妆楼颙望，误几回、天际识归舟。争知我、倚阑干处，正恁凝眸。

起二句有俊爽之致。"霜风""残照"三句音节悲抗，如江天闻笛，古戍吹笳，东坡极称之，谓唐人佳处，不过如此。以其有提笔四顾之概，类太白之"牛渚望月"、少陵之"夔府清秋"也。其下二句顺笔写之，至结句江水东流，复能振起。后半首分三叠写法，先言己之欲归不得，何事淹留，次言闺人念远，误认归舟，与温飞卿之"过尽千帆皆不是，斜晖脉脉水悠悠"，皆善写闺人心事。结句言知君忆我，我亦忆君。前半首之"霜风""残照"，皆在凝眸怅望中也。

张先 七首

燕台春 东都春日,李阁使席上

丽日千门,紫烟双阙,琼林又报春回。殿阁风微,当时去燕还来。五侯池馆屏开。探芳菲走马,重帘人语,辚辚车幰,远近轻雷。 雕舫霞滟,醉幕云飞,楚腰舞柳,宫面妆梅。金猊夜暖,罗衣暗挹香煤。洞府人归,笙歌院落,灯火楼台。下蓬莱。犹有花上月,清影徘徊。

《古今词话》评汴河出土石刻之《鱼游春水》词云:"八十九字而风花莺燕动植之物曲尽,此唐人语也。"后之状物写情,无能及者。观子野此词,善状帝城春景之盛。天家之宫阙、五侯之池馆、士女之车马以及飞舫舞袖、香兽罗衣,粲然咸备。较《鱼游春水》词尤为绚丽。结句至月上犹留连不去，极写其酣游也。

浣溪沙

水满池塘花满枝。乱香深里语黄鹂。东风吹软弄帘帏。日正长时春梦短，燕交飞处柳烟低。玉窗红子斗茶时。

"日长"二句写春景，辞妍而笔轻。"玉窗"句丽不伤雅，情味在含蕴中。

前调

锦帐重重卷暮霞。屏风曲曲斗红牙。恨人何事苦离家。枕上梦魂飞不去，觉来红日又西斜。满庭芳草衬残花。

以闲逸之笔写景而隐寓绮情，与前首略同。结句不说尽，较前首"玉窗斗茶"尤耐寻味。

青门引

乍暖还轻冷。风雨晚来方定。庭轩寂寞近清明,残花中酒,又是去年病。　楼头画角风吹醒。入夜重门静。那堪更被明月,隔墙送过秋千影。

残春病酒,已觉堪伤,况情怀依旧,愁与年增,乃加倍写法。结句之意,一见深夜寂寥之景,一见别院欣戚之殊。梦窗因秋千而忆凝香纤手,此则因隔院秋千而触绪有怀,别有人在,乃侧面写法。

天仙子　时为嘉禾小倅,以病眠不赴府会

水调数声持酒听。午醉醒来愁未醒。送春春去几时回,临晚镜。伤流景。往事后期空记省。　沙上并禽池上暝。云破月来花弄影。重重帘幕密遮灯,风不定。人初静。明日落红应满径。

《古今词话》云:"客谓子野曰:'人咸目公为张三

中：心中事、眼中泪、意中人也。'子野曰：'何不谓之张三影？'客不喻。子野曰：'云破月来花弄影；娇柔懒起、帘押卷花影；柳径无人、坠飞絮无影，此平生得意者。'"《高斋诗话》云："子野尝有诗云'浮萍断处见山影'，又长短句云'云破月来花弄影'，又云'隔墙送过秋千影'，并脍炙人口，世谓张三影。"苕溪渔隐云："当以《后山》《古今》二诗话所载三影为胜。"

菩萨蛮　咏筝

哀筝一弄湘江曲。声声写尽湘波绿。纤指十三弦。细将幽恨传。　　当筵秋水慢。玉柱斜飞雁。弹到断肠时。春山眉黛低。

宋时善筝之妓，有轻轻，有伍卿，每拂指登场，座客皆为痴立。客有赠诗者曰："轻轻殁后便无筝，玉腕红纱到伍卿。座客满筵都不语，一行哀雁十三声。"此诗出而伍卿之名益著。子野所遇筝妓，观其"肠断""眉低"二句，当亦深于情者。为鸣筝能手，不在玉腕、红纱之下也。○此词一作晏几道词。

碧牡丹　晏同叔出姬

步帐摇红绮。晓月堕,沉烟砌。缓板香檀,唱彻伊家新制。怨入眉头,敛黛峰横翠。芭蕉寒,雨声碎。　镜华翳。闲照孤鸾戏。思量去时容易。钿合瑶钗,至今冷落轻弃。望极蓝桥,但暮云千里。几重山,几重水。

上阕追忆闻歌"眉""黛"二句,红牙按拍,有怨入落花之感。下阕重到歌筵,而惊鸿已渺,惆怅成词,有情不自禁者。《道山清话》谓晏元献辟子野为通判,公有侍儿,每令侑觞,往往歌子野所为词,后为王夫人所摈。一日,公招子野饮,追怀前事,作《碧牡丹》一调,令座妓歌之,至"暮云山水"末句,公怃然曰:"人生行乐耳,何自苦如此!"乃出钱取侍儿归,相传为韵事云。

晏殊 十首

浣溪纱

一曲新词酒一杯。去年天气旧亭台。夕阳西下几时回。无可奈何花落去,似曾相识燕归来。小园香径独徘徊。

  首句但纪当日之事,入手处不侵占下文地位。次句即叙明本意,言风景不殊,亭台依旧,乃总括全篇。三句承去年天气而言,流光容易,又换今年,安得鲁阳挥戈,再反虞渊之日耶?下阕承前半首之意,言春不能留,花亦随之落去,花既无情,惜花者空付奈何一叹。"归燕"句承"旧亭台"之意,虽梁燕寻巢,似曾相识,若有情而实无情。花与鸟既无以慰情,徒增惆怅,伤离感旧之深,焉得逢人而语?惟有徘徊芳径,立尽斜阳耳。

前调

一向年光有限身。等闲离别易消魂。酒筵歌席莫辞频。满目山河空念远,落花风雨更伤春。不如怜取眼前人。

此词前半首笔意回曲,如石梁瀑布,作三折而下。言年光易尽,而此身有限,自嗟过客光阴,每值分离,即寻常判袂,亦不免魂消黯然。三句言消魂无益,不若歌筵频醉,借酒浇愁,半首中无一平笔。后半转头处言浩莽山河,飘摇风雨,气象恢宏。而"念远"句承上"离别"而言,"伤春"句承上"年光"而言,欲开仍合,虽小令而具长调章法。结句言伤春念远,只恼人怀,而眼前之人,岂能常聚,与其落月停云,他日徒劳相忆,不若怜取眼前,乐其晨夕,勿追悔蹉跎,申足第三句"歌席莫辞"之意也。

蝶恋花

帘幕风轻双语燕。午醉醒来,柳絮飞撩乱。心事一春犹未见。余红落尽青苔院。　　百尺朱楼闲倚遍。薄雨浓云,抵死遮人面。

消息未知归早晚。斜阳只送平波远。

　　此词殆有寄慨，非作月露泛辞。"心事"二句有"怅未立乎修名""老冉冉其将至"之感。下阕"雨云"二句意谓经国远谟，乃横生艰阻。"消息""斜阳"二句谓他日成败，非所逆睹，而在图安旦夕观之，则斜日远波，固一派清平气象也。韩魏公咏雪诗"老松擎重玉龙寒"，隐然以天下为己任。公之词，其亦有忧盛危明之意乎？

玉楼春

绿杨芳草长亭路。年少抛人容易去。楼头残梦五更钟，花底离愁三月雨。　　无情不似多情苦。一寸还成千万缕。天涯地角有穷时，只有相思无尽处。

　　夏闰庵谓后半阕惟极写"离愁"二字，若南宋人为之，必别出一意，断不如此直说。此等处正宜着眼。

浣溪沙

阆苑瑶台风露秋。整鬟凝思捧觥筹。欲归临别强迟留。
月好漫成孤枕梦，酒阑空得两眉愁。此时情绪悔风流。

瑶台阆苑，言地之高华；凝思整鬟，言人之庄重，虽捧觥筹，可望而不可即。明知徒费迟留，迨酒阑人散，独自成愁，始知追悔当时，固何益耶？既已悔之，而复孤梦愁眉，低回不置，姑寄其无聊之思耳。元献生平不作妮子语，此词或有所指，非述绮怀也。

清平乐

红笺小字。说尽平生意。鸿雁在云鱼在水。惆怅此情难寄。　斜阳独倚西楼。遥山恰对帘钩。人面不知何处，绿波依旧东流。

言情深密处全在"红笺小字"。既鱼沉雁杳，欲寄无由，剩有流水斜阳，供人愁望耳。以景中之情作结束，词格甚高。

玉楼春

池塘水绿风微暖。记得玉真初见面。重头歌韵响铮琮,入破舞腰红乱旋。　玉钩阑下香阶畔。醉后不知斜日晚。当时共我赏花人,点检如今无一半。

极美满之风光,事后回思,都成陈迹。元献生当盛世,雍容台阁,而重醉花前,尚有旧人零落之感。若生逢叔季,衣冠第宅转眼都非,宁止何戡感旧耶?

踏莎行

小径红稀,芳郊绿遍。高台树色阴阴见。春风不解禁杨花,濛濛乱扑行人面。　翠幕藏莺,珠帘隔燕。炉香静逐游丝转。一场愁梦酒醒时,斜阳却照深深院。

此词或有白氏讽谏之意。杨花乱扑,喻谗人之高张;燕隔莺藏,喻堂帘之远隔,宜结句之日暮兴嗟也。

蝶恋花

六曲阑干偎碧树。杨柳风轻,展尽黄金缕。谁把钿筝移玉柱,穿帘海燕双飞去。　　满眼游丝兼落絮。红杏开时,一霎清明雨。浓睡觉来莺乱语。惊残好梦无寻处。

写景明秀,通首于景中隐寓情思,有含毫邈然之意。

清平乐

金风细细。叶叶梧桐坠。绿酒初尝人易醉。一枕小窗浓睡。　　紫薇朱槿花残。斜阳却照阑干。双燕欲归时节,银屏昨夜微寒。

纯写秋来景色,惟结句略含清寂之思,情味于言外求之,宋初之高格也。

欧阳修 十六首

浣溪沙

湖上朱桥响画轮。溶溶春水浸春云。碧琉璃滑净无尘。当路游丝萦醉客。隔花啼鸟唤行人。日斜归去奈何春。

上阕写水畔春光明媚，风景宛然。下阕言嬉春之"醉客""行人"，营营扰扰，而"游丝""啼鸟"，复作意撩人，在冷眼观之，徒唤奈何，惟有"日斜归去"耳。

阮郎归

南园春早踏青时。风和闻马嘶。青梅如豆柳如眉。日长胡蝶飞。　花露重，草烟低。人家帘幕垂。秋千慵困解罗衣。画梁双燕栖。

先写春早之景,后言春昼之人,但言日长人倦。"秋千"二句不着欢愁,风情自见。

青玉案

一年春事都来几。早过了,三之二。绿暗红嫣浑可事。绿杨庭院,暖风帘幕,有个人憔悴。　买花载酒长安市。又争似家山见桃李。不枉东风吹客泪。相思难表,梦魂无据。惟有归来是。

"绿杨"三句先叙怀人。下阕言归思。"相思"二句即申明此两意,言怀人既难表示,家山又魂梦无凭,惟有速整归装,勿长使春风吹泪也。

踏莎行

候馆梅残,溪桥柳细。草熏风暖摇征辔。离愁渐远渐无穷,迢迢不断如春水。　寸寸柔肠,盈盈粉泪。楼高莫近危阑倚。平芜尽处是春山，行人更在春山外。

唐宋人诗词中，送别怀人者，或从居者着想，或从行者着想，能言情婉挚，便称佳构。此词则两面兼写。前半首言征人驻马回头，愈行愈远，如春水迢迢，却望长亭，已隔万重云树。后半首为送行者设想，倚阑凝睇，心倒肠回，望青山无际，遥想斜日鞭丝，当已出青山之外，如鸳鸯之烟岛分飞，互相回首也。以章法论，"候馆""溪桥"言行人所经历；"柔肠""粉泪"言思妇之伤怀，情同而境判，前后阕之章法井然。

蝶恋花

几日行云何处去。忘了归来，不道春将暮。百草千花寒食路。香车系在谁家树。　　泪眼倚楼频独语。双燕来时，陌上相逢否。撩乱春愁如柳絮。依依梦里无寻处。

起笔托想空灵，欲问伊人踪迹，如行云之在天际。春光已暮，而留滞忘归，况当寒食佳辰，柳天花草，香车所驻，从何处追寻！前半首专写离人，后半首乃言己之情思，孤客凭阑，无由通讯，陌上归来燕子，或曾见芳踪，永叔《洛阳春》词"看花拭泪向归鸿，问来处逢郎否"，与此词皆无聊之托思。结句言赢得愁绪满怀，乱如柳絮，而入梦依依，茫无寻处，是絮是身，是愁是梦，一片迷离，词家妙境。

玉楼春

妖冶风情天与措。清瘦肌肤冰雪妒。百年心事一宵同，愁听鸡声窗外度。　信阻青禽云雨暮。海月空惊人两处。强将离恨倚江楼，江水不能流恨去。

此词未见新警，而为时人传诵。司马槱"妾本钱唐江上住"词、毛泽民"泪湿阑干花着露"词，《草堂诗余》云："此二词皆祖六一翁《玉楼春》词意"。

浣溪沙

堤上游人逐画船。拍堤春水四垂天。绿杨楼外出秋千。白发戴花君莫笑，六么催拍盏频传。人生何处似尊前。

《侯鲭录》云:"永叔《浣溪沙》云:'堤上游人逐画船。拍堤春水四垂天。绿杨楼外出秋千。'此翁语甚妙绝。只一'出'字,是后人着意道不到处。"

采桑子

轻舟短棹西湖好,绿水逶迤。芳草长堤。隐隐笙歌处处随。　无风水面琉璃滑,不觉船移。微动涟漪。惊起沙禽掠岸飞。

下阕四句极肖湖上行舟波平如镜之状,"不觉船移"四字下语尤妙。

前调

画船载酒西湖好,急管繁弦。玉盏催传。稳泛平波任醉眠。　行云却在行舟下,空水澄鲜。俯仰留连。疑是湖中别有天。

湖水澄澈时如在镜中,云影天光,上下一色,"行云"数语能道出之。

前调

群芳过后西湖好,狼藉残红。飞絮濛濛。垂柳阑干尽日风。　笙歌散后游人去,始觉春空。垂下帘栊。双燕归来细雨中。

西湖在宋时,极游观之盛。此词独写静境,别有意味。

前调

平生为爱西湖好,来拥朱轮。富贵浮云。俯仰流年二十春。　归来恰似辽东鹤,城郭人民。触目皆新。谁识当年旧主人。

蝶恋花

庭院深深深几许。杨柳堆烟,帘幕无重数。玉勒雕鞍游冶处。楼高不见章台路。　雨横风狂三月暮。门掩黄昏，无计留春住。泪眼问花花不语。乱红飞过秋千去。

此词帘深楼迥及"乱红飞过"等句，殆有寄托，不仅送春也。或见《阳春集》。李易安定为六一词。易安云："此词余极爱之。"乃作"庭院深深"数首，其声即旧《临江仙》也。

前调

谁道闲情抛弃久。每到春来，惆怅还依旧。日日花前常病酒。不辞镜里朱颜瘦。　河畔青芜堤上柳。为问新愁，何事年年有。独立小桥风满袖。平林新月人归后。

词家每先言景，后言情，此词先情后景。结末二句寓情于景，弥觉风致夷犹。此调旧刻二十二首，多他稿误入，有李中主词、《阳春集》《珠玉词》《乐章集》。汲古阁刻本为删定之，今从毛刻。

渔家傲

十月小春梅蕊绽。红炉画阁新装遍。鸳帐美人贪睡暖。梳洗懒。玉壶一夜轻澌满。　　楼上四垂帘不卷。天寒山色偏宜远。风急雁行吹字断。红日晚。江天雪意云撩乱。

后阕状江山寒色，足当清远二字。此调旧刻凡三十二首，以《珠玉词》挦入。汲古阁定为三十首，此首最为擅胜。

临江仙

柳外轻雷池上雨，雨声滴碎荷声。小楼西角断虹明。阑干倚处，待得月华生。　　燕子飞来窥画栋，玉钩垂下帘旌。凉波不动簟纹平。水晶双枕，旁有堕钗横。

后三句善写丽情，未乖贞则，自是雅奏。

浪淘沙

把酒祝东风。且共从容。垂杨紫陌洛城东。总是当时携手处,游遍芳丛。 聚散苦匆匆。此恨无穷。今年花胜去年红。可惜明年花更好,知与谁同。

因惜花而怀友,前欢寂寂,后会悠悠,至情语以一气挥写,可谓深情如水、行气如虹矣。

解昉 一首

永遇乐

风暖莺娇，露浓花重，天气和煦。院落烟收，垂杨舞困，无奈堆金缕。谁家巧纵，青楼弦管，惹起梦云情绪。忆当时、文衾粲枕，未尝暂孤鸳侣。　芳菲易老，故人难聚，到此翻成轻误。阆苑仙遥，蛮笺纵写，何计传深诉。青山绿水，古今长在，惟有旧欢何处。空赢得、斜阳衰草，淡烟细雨。

前半仅叙当春感旧之情，其胜处在下阕"青山"以下五句，举目河山，旧欢如梦，斜阳烟雨，触处生悲，山灵有知，阅尽悲欢百态，但身受者难堪耳。

章楶 一首

水龙吟 杨花

燕忙莺懒花残,正堤上、柳花飘坠。轻飞点画青林,谁道全无才思。闲趁游丝,静临深院,日长门闭。傍珠帘散漫,垂垂欲下,依前被,风扶起。 兰帐玉人睡觉,怪春衣、雪沾琼缀。绣床渐满,香球无数,才圆却碎。时见蜂儿,仰黏轻粉,鱼吞池水。望章台路杳,金鞍游荡,有盈盈泪。

此词虽不及东坡和作,而"珠帘"四句、"绣床"三句赋本题,极体物浏亮之能,若无名作在前,斯亦佳制。

晏几道 三十一首

生查子

金鞍美少年,去跃青骢马。牵系玉楼人,绣被春寒夜。
消息未归来,寒食梨花谢。无处说相思,背面秋千下。

此为闺人怨别之词,以"牵系"二字领起下阕四句。"绣被"句有"锦衾独旦"之意。"秋千"句殆用"十五泣春风,背面秋千下"诗意,言背人饮泣也。

前调

坠雨已辞云,流水难归浦。遗恨几时休,心抵秋莲苦。
忍泪不能歌,试托哀弦语。弦语愿相逢,知有相逢否。

集中此调凡十一首，以"金鞍"一首为最。此为第四首，怀人而托诸哀弦，语曲而心苦，有乐府遗意。

临江仙

梦后楼台高锁，酒醒帘幕低垂。去年春恨却来时。落花人独立，微雨燕双飞。　记得小蘋初见，两重心字罗衣。琵琶弦上说相思。当时明月在，曾照彩云归。

前二句追昔抚今，第三句融合言之，旧情未了，又惹新愁。"落花"二句正春色恼人，紫燕犹解"双飞"，而愁人翻成"独立"。论风韵如微风过箫，论词采如红蕖照水。下阕回忆相逢，"两重心字"，欲诉无从，只能借凤尾檀槽，托相思于万一。结句谓彩云一散，谁复相怜，惟明月多情，曾照我相送五铢仙佩，此恨绵绵，只堪独喻耳。

鹧鸪天

彩袖殷勤捧玉钟。当年拼却醉颜红。舞低杨柳楼心月，歌尽桃花扇底风。　　从别后，忆相逢。几回魂梦与君同。今宵剩把银釭照，犹恐相逢是梦中。

《雪浪斋日记》谓叔原"杨柳""桃花"等句，"不愧六朝宫掖体"。赵德麟《侯鲭录》云："晁无咎言晏叔原不蹈袭人语，而风调闲雅，自是一家。如'舞低杨柳楼心月，歌尽桃花扇底风'，自可知此人不生在三家村中也。"结句点化唐人"乍见翻疑梦"诗意。入《小山词》中，更觉风神摇曳。

点绛唇

花信来时，恨无人似花依旧。又成春瘦。折断门前柳。
天与多情，不与长相守。分飞后。泪痕和酒。占了双罗袖。

前四句谓春色重归，乃花发而人已去，为伊消瘦，折尽长条，四句曲折而下，如清溪之宛转。下阕谓天畀以情而吝其福，畀以相逢而不使相守。既无力回天，但有酒国埋愁，泪潮湿镜，双袖飘零，酒晕与泪痕层层渍满，则年来心事可知矣。

前调

明日征鞭,又将南陌垂杨折。自怜轻别。拼得音尘绝。杏子枝边,倚遍阑干月。依前缺。去年时节。旧事无人说。

　　此纪再别之词。承前首折柳门前,故此云又折垂杨。下阕言本期人月同圆,乃几度凭阑,依然月缺。正如唐人诗"思君如满月,夜夜减清辉"。结句旧事更无人说,其实伤心之事,本不愿人重提也。

蝶恋花

醉别西楼醒不记。春梦秋云,聚散真容易。斜月半窗还少睡。画屏闲展吴山翠。　　衣上酒痕诗里字。点点行行,总是凄凉意。红烛自怜无好计。夜寒空替人垂泪。

前调

欲减罗衣寒未去。不卷珠帘,人在深深处。残杏枝头花几许。啼红正恨清明雨。　　尽日沉香烟一缕。宿酒醒迟，恼破春情绪。远信还因归燕误。小屏风上西江路。

前调

黄菊开时伤聚散。曾记花前，共说深深愿。重见金英人未见。相思一夜天涯远。　　罗带同心闲结遍。带易成双，人恨成双晚。欲写彩笺书别怨。泪痕早已先书满。

叔原小令最工，直逼《花间》。集中《蝶恋花》词凡十五首，此三首尤胜。叔原喜沉浮酒中，与客酣饮，每得一解，即以草授歌姬莲、鸿、蘋、云，品清讴娱客，持杯听之，相为笑乐。歌阑人散，辄惆怅成吟。词中所云"衣上酒痕""宿酒醒迟"等句，皆纪实也。

鹧鸪天

醉拍春衫惜旧香。天将离恨恼疏狂。年年陌上生秋草，日日楼中到夕阳。　　云渺渺，水茫茫。征人归路许多长。相思本是无凭语，莫向花笺费泪行。

前调

小令尊前见玉箫。银灯一曲太妖娆。歌中醉倒谁能恨,唱罢归来酒未消。　春悄悄,夜迢迢。碧云天共楚宫遥。梦魂惯得无拘检,又踏杨花过谢桥。

此调共十九首。《草堂诗余》录"舞低杨柳楼心月"一首,以其最擅名也。此二首之结句,情韵均胜。次首"谢桥"二句尤见新颖。

生查子

长恨涉江遥,移近溪头住。闲荡木兰舟,卧入双鸳浦。
无端轻薄云,暗作廉纤雨。翠袖不胜寒,欲向荷花语。

起句用"涉江采芙蓉"诗,以呼应"荷花"结句,盖咏采莲女之作。上段写绮怀之幽杳,下段写丽情之宛转,殊有《竹枝词》意味。

南乡子

眼约也应虚。昨夜归来凤枕孤。且据如今情分里,相于。只恐多时不似初。　　深意托双鱼。小剪蛮笺细字书。更把此情重问得,何如。共结因缘久远无。

反复诘问,惟恐历久寒盟,写情入深细处。人谓小山之词,"字字娉娉袅袅,如揽嫱施之袂",此等句足以当之。

清平乐

波纹碧皱。曲水清明后。折得疏梅香满袖。暗喜春红依旧。　　归来紫陌东头。金钗换酒消愁。柳影深深细路,花梢小小层楼。

上阕"梅香"二句喻暗喜彼姝之仍在。下阕"细路""层楼"二句将其居处分明写出,其中人若唤之欲应也。

前调

西池烟草。恨不寻芳早。满路落花红不扫。春色渐随人老。　远山眉黛娇长。清歌细逐霞觞。正在十洲残梦,水心宫殿斜阳。

前六句为春暮访艳,后二句十洲宫殿,忽托思在仙灵境界,为此调十八首中清超之作。

前调

暂来还去。轻似风头絮。纵得相逢留不住。何况相逢无处。　去时约略黄昏。月华却到朱门。别后几番明月,素娥应是消魂。

先言无处相逢,似已说尽矣;后段托明月以见意,纵不相逢,而相思仍无既,真善写情者。

前调

莲开欲遍。一夜秋声转。残绿断红香片片。长是西风堪怨。　莫愁家住溪边。采莲心事年年。谁管水流花谢，月明昨夜兰船。

下阕言流水落花，最是无情有恨，而夜月兰船，嬉游自若，徒使采莲人年年惆怅，莫愁之愁，殆与春潮俱满矣。

减字木兰花

长亭晚送。都似绿窗前日梦。小字还家。恰应红灯昨夜花。　良时易过。半镜流年春欲破。往事难忘。一枕高楼到夕阳。

由相别而相逢，而又相别，窗前灯影，楼上斜阳，写悲欢离合，情景兼到。

菩萨蛮

来时杨柳东桥路。曲中暗有相期处。明月好因缘。欲圆还未圆。　却寻芳草去。画扇遮微雨。飞絮莫无情。闲花应笑人。

月未十分圆满,情味最长,取喻因缘,小山独能见到。

前调

江南未雪梅花白。忆梅人是江南客。犹记旧相逢。淡烟微月中。　玉容长有信。一笑归来近。怀远上楼时。晚云和雁低。

"淡烟微月"句高雅绝尘,人与花合写也。"晚云"句在空际写怀人,旨趣弥永。

浣溪沙

日日双眉斗画长。行云飞絮共轻狂。不将心嫁冶游郎。溅酒滴残歌扇字,弄花熏得舞衣香。一春弹泪说凄凉。

人但见其画时样长眉,逐随风飞絮,不知冰心独抱,冶游郎不值其一盼。"弄花""溅酒",只为伤春弹泪之资耳。

前调

家近旗亭酒易沽。花时长得醉工夫。伴人歌扇懒妆梳。户外绿杨春系马,床头红烛夜呼卢。相逢还解有情无。

此首与前首意适相反。前首"冶游郎"句言其高洁之怀,此首"绿杨"二句状其豪盛之态,恒舞酣歌,明琼卜夜,安望其解有情耶!

前调

午醉西桥夕未醒。雨花凄断不堪听。归时应减鬓边青。衣化客尘今古道,柳含春意短长亭。凤楼争见路旁情。

"客尘"二句感叹殊深。夕阳古道之旁,素衣化缁,攀条惜别者，悠悠今古，阅尽行人，彼高倚凤楼者，蛾眉争艳，浪掷年光，焉有俯仰今昔之怀乎！

更漏子

柳丝长，桃叶小。深院断无人到。红日淡，绿烟晴。流莺三两声。　雪香浓，檀晕少。枕上卧枝花好。春思重，晓妆迟。寻思残梦时。

前写景，后言情，景丽而情深，《金荃集》中绝妙词也。

浪淘沙

小绿间长红。露蕊烟丛。花开花落昔年同。惟恨花前携手处，往事成空。　山远水重重。一笑难逢。已拼长在别离中。霜鬓知他从此去，几度春风。

花事依然而伊人长往，重抚霜华衰鬓，当年几度春风，皆冉冉向鬓边掠过，其怅惘可知矣。"花开花落"句与结句"几度春风"正相关合。

虞美人

疏梅月下歌金缕。忆共文君语。更谁情浅似春风。一夜满枝新绿替残红。　蘋香已有莲开信。两桨佳期近。采莲时节定来无。醉后满身花影倩人扶。

集中多离索之感。此调"新绿""残红",甫嗟易别,"蘋香""两桨",旋盼相逢,"花影人扶"句预想归来。闹红一舸,风致嫣然,丽而有则。

采桑子

花时恼得琼枝瘦,半被残香。睡损梅妆。红泪今春第一行。　风流笑伴相逢处,白马游缰。共折垂杨。手撚芳条说夜长。

"半被"二句已觉妍秀,"红泪"七字更佳句乘风欲去。下阕游伴相逢,别开一境。结句妙在不说尽,耐人揽撷。

前调

西楼月下当时见,泪粉偷匀。歌罢还颦。恨隔炉烟看未真。　别来楼外垂杨缕,几换青春。倦客红尘。长记楼中粉泪人。

此词不过回忆从前,而能手写之,便觉当时凄怨之神,宛呈纸上。

前调

别来长记西楼事,结遍兰襟。遗恨重寻。弦断相如绿绮琴。　何时一枕逍遥夜,细话初心。若问如今。也似当年着意深。

下阕以三折笔写之,深情若揭。洵君房语妙也。

河满子

　　绿绮琴中心事,齐纨扇上时光。五陵年少浑薄幸,轻如曲水飘香。夜夜魂消梦峡,年年泪尽啼湘。　归雁行边远字,惊鸾舞处离肠。蕙楼多少铅华在,从来错倚红妆。可羡邻姬十五,金钗早嫁王昌。

　　词言沦落风尘之苦,相逢者皆属薄幸,人但知其梦峡之欢,而不见其啼湘之泪。下阕"铅华""红妆"二句言容华岂堪长恃,老大徒伤。其中亦有特秀者,盈盈十五,早嫁王昌,信乎命之不齐也。

风入松

　　心心念念忆相逢。别恨谁浓。就中懊恼难拚处,是擘钗、分钿匆匆。却似桃源路失,落花空记前踪。　彩笺书尽浣溪红。深意难通。强欢殢酒图消遣,到醒来、愁闷还重。若是初心未改,多应此意须同。

写别后情怀,通首一气呵成,若明珠走盘,一丝萦曳。结句是其着眼处,与《采桑子》第三首"也似当年着意深"句相似,若用情于正,即"久要不忘"之义也。

王观 四首

清平乐

黄金殿里。烛影双龙戏。劝得官家真个醉。进酒犹呼万岁。　　折旋舞彻伊州。君恩与整搔头。一夜御前宣住,六宫多少人愁。

此为应制之作。以词而论,上阕叙君臣宴乐,至沉醉犹呼万岁,以媚兹一人。下阕以万乘之尊,为舞姬亲整搔头,且金环进御,可谓工于描写,尽态极妍,但不宜于应制体裁,宜宣仁太后览之,以为近媟,由翰林学士出知外县,因以逐客自号云。

庆清朝慢 踏青

调雨为酥,催冰做水,东君分付春还。何人便将轻暖,点破残寒。结伴踏青去好,平头鞋子小双鸾。烟郊外,望中秀色,如有无间。　晴则个,阴则个,饾饤得天气,有许多般。须教镂花拨柳,争要先看。不道吴绫绣袜,香泥斜沁几行斑。东风巧,尽收翠绿,吹在眉山。

前五句为"踏青"张本,"双鸾"句实赋本题,"间"字韵点化"草色遥看近却无"余意,恰合"踏青"之景。下阕"镂花拨柳"四句写闺情入细,结处咏"踏青",人与景融成一片,《冠柳集》中之隽咏。黄叔旸极称此词,谓其"风流楚楚"也。

生查子

关山魂梦长,塞雁音书少。两鬓可怜青,一夜相思老。归傍碧纱窗,说与人人道。真个别离难,不似相逢好。

前后段一气呵成。词有以不说尽见含蓄者,有以说尽见本怀者。结二句脱口而出,情真语真。

临江仙

别浦相逢何草草,扁舟两岸垂杨。绣屏珠箔绮香囊。酒深歌拍缓,愁入翠眉长。　　燕子归来人去也,此时无奈昏黄。桃花应似我柔肠。不禁微雨,流泪湿红妆。

"酒深"二句晚唐时人之佳句。下阕柔情婉转。陈质斋云:"逐客词格不高。"此论诚然,韶秀是其本色,但才力薄耳。

张舜民 一首

卖花声 题岳阳楼

木叶下君山。空水漫漫。十分斟酒敛芳颜。不是渭城西去客,休唱阳关。　醉袖抚危阑。天淡云闲。何人此路得生还。回首夕阳红尽处,应是长安。

题为"岳阳楼"作,而切"岳阳"者,惟首句"君山"二字。观其"此路生还"及"回首长安"句,殊有迁谪之感。但芸叟由谏官荐擢侍郎,初未放逐,此殆登楼送友之作,代为致慨也。

苏轼 三十六首

水调歌头

丙辰中秋,欢饮达旦,大醉。作此篇,兼怀子由。

明月几时有,把酒问青天。不知天上宫阙,今夕是何年。我欲乘风归去,惟恐琼楼玉宇,高处不胜寒。起舞弄清影,何似在人间。　转朱阁,低绮户,照无眠。不应有恨,何事长向别时圆。人有悲欢离合,月有阴晴圆缺,此事古难全。但愿人长久,千里共婵娟。

明月生于何时?天上有无宫阙?甲子悠悠,谁为编纪?三者皆玄妙之语,可谓云思霞想,高接混茫。起笔如俊鹘破空疾下,此调本高抗之音,得公椽笔,压倒豪杰矣。"琼楼玉宇"二句,以高危自警,即其赠子由词"早退为戒"之意,上清虽好,不如戢影人间也。下阕怀子由,谓明月且难长满,何况浮生焉能长聚,达人安命,愿与弟共勉之。全篇若云鹏天马,一片神行,公之能事也。

念奴娇 赤壁怀古

大江东去,浪淘尽、千古风流人物。故垒西边人道是,三国周郎赤壁。乱石穿空,惊涛拍岸,卷起千堆雪。江山如画,一时多少豪杰。　遥想公瑾当年,小乔初嫁了,雄姿英发。羽扇纶巾谈笑间,强虏灰飞烟灭。故国神游,多情应笑,我早生华发。人间如梦,一樽还酹江月。

江东战伐,惟孙曹事于往史最有声色,临风酹酒,俯仰兴亡,是何等气概!起笔入门下马,已气压江东。"乱石"三句壮健称题。"江山"二句尤深雄慨。题为《赤壁怀古》,故下阕追怀瑜亮英姿,笑谈摧敌。"华发"句抚今思昔,有少陵"看镜""倚楼"之思。结句感前朝之如梦,洒杯酒而招魂,瑜亮有知,当凌云一笑也。

水龙吟　次韵章质夫杨花词

似花还似非花，也无人惜从教坠。抛家傍路，思量却是，无情有思。萦损柔肠，困酣娇眼，欲开还闭。梦随风万里，寻郎去处，又还被、莺呼起。　　不恨此花飞尽，恨西园、落红难缀。晓来雨过，遗踪何在，一池萍碎。春色三分，二分尘土，一分流水。细看来不是，杨花点点，是离人泪。

起二句已吸取杨花之全神。"无情有思"句以下，人与花合写，情味悠然。转头处别开一境。"西园落红"句隐喻人亡邦瘁，怒然忧国之思。"遗踪萍碎"句仍归到本题。"春色"三句万紫千红，同归尘劫，不仅为杨花惜也。结句怨悱之怀，力透纸背，既伤离索，兼有迁谪之感。质夫原唱，亦清丽可诵。晁叔用云："东坡如嫱、施之天姿，天下妇人莫及，质夫岂可比耶！"

满庭芳

元丰七年四月一日，余将去黄移汝，留别雪堂邻里二三君子。会李仲览自江东来别,遂书以遗之。

归去来兮,吾归何处,万里家在岷峨。百年强半,来日苦无多。坐见黄州再闰,儿童尽、楚语吴歌。山中友,鸡豚社酒,相劝老东坡。　云何。当此去,人生底事,来往如梭。待闲看秋风,洛水清波。好在堂前细柳,应念我、莫剪柔柯。仍传语,江南父老,时与晒渔蓑。

东坡在黄州,寒食开海棠之宴,秋江泛赤壁之舟,历五年之久,临别依依。"坐见"以下四句及"细柳"以下四句,情意真切,属辞雅逸,便成佳构。

前调

余年十七,始与刘仲达往来于眉山,今年四十九,相逢于泗上。淮水浅冻,久留郡中,晦日同游南山,话旧感叹,因作此词。

三十三年,漂流江海,万里烟浪云帆。故人惊怪,憔悴老青衫。我自疏狂异趣,君何事、奔走尘凡。流年尽,穷途坐守,船尾冻相衔。　巉巉。淮浦外,层楼翠壁,古寺空岩。步携手林间,笑挽纤纤。莫上孤峰尽处,萦望眼、云海相搀。家何在，因君问我，归梦绕松杉。

前调

余谪居黄州五年，将赴临汝，作《满庭芳》一篇别黄人。既至南都，蒙恩放归阳羡，复作一篇。

归去来兮，清溪无底，上有千仞嵯峨。画楼东畔，天远夕阳多。老去君恩未报，空回首、弹铗悲歌。船头转，长风万里，归马驻平坡。　　无何。何处有，银潢尽处，天女停梭。问何事人间，久戏风波。顾谓同来稚子，应烂汝、腰下长柯。青衫破，群仙笑我，千缕挂烟蓑。

以上二首在去黄州时道中所作。前首以淮水浅冻，留滞泗上，故有"船尾冻相衔"句。次首以道中蒙恩，放归阳羡，故有"船头风转"句。一则写羁泊穷年之感，一则寓江湖魏阙之思，拳拳忠爱，不以隐显而殊。"画楼""夕阳"二句景中有情，语尤名隽。

水调歌头　黄州快哉亭赠张偓佺

落日绣帘卷,亭下水连空。知君为我新作,窗户湿青红。长记平山堂上,欹枕江南烟雨,渺渺没孤鸿。认得醉翁语,山色有无中。　一千顷,都镜净,倒碧峰。忽然浪起掀舞,一叶白头翁。堪笑兰台公子,未解庄生天籁,刚道有雌雄。一点浩然气,千里快哉风。

快哉亭与平山堂皆擅登临之胜,故联想及之。转头处五句及上阕"欹枕"四句想见江湖豪兴,其语气清快,如以并刀削哀梨也。

永遇乐　寄孙巨源

长忆别时,景疏楼上,明月如水。美酒清歌,留连不住,月随人千里。别来三度,孤光又满,冷落共谁同醉。卷珠帘、凄然顾影,共伊到明无寐。　今朝有客,来从濉上,能道使君深意。凭仗清淮,分明到海,中有相思泪。而今何在,西垣清禁,夜永露华侵被。此时看、回廊晓月,也应暗记。

观"清淮""到海"三句,知与巨源交谊之深,更忆及"西垣清禁",同此月明,抚今追昔,不尽低回。言为心声,知公天性之厚也。

一丛花

今年春浅腊侵年。冰雪破春妍。东风有信无人见,露微意、柳际花边。寒夜纵长,孤衾易暖,钟鼓渐清圆。　朝来初日半衔山,楼阁淡疏烟。游人便作寻芳计,小桃杏、应已争先。衰病少惊,疏慵自放,惟爱日高眠。

春初病起,信笔书怀,当此花边柳际,裙屐争赴春游,而自放者日高犹卧,有此淡逸之怀,出以萧散之笔,遂成雅调。

八声甘州　寄参寥子

有情风万里卷潮来,无情送潮归。向钱塘江上,西兴浦口,几度斜晖。不用思量今古,俯仰昔人非。谁似东坡老,白首忘机。　记取西湖西畔,正春山好处,空翠烟霏。算诗人相得,如我与君稀。约他年、东还海道,愿谢公、雅志莫相违。西州路、不应回首,为我沾衣。

起笔破空而下,风潮来去,有情而实无情,千古之循环兴废,大抵如斯。惟有此高世之想,故下阕与参寥子相约,尔我之交谊,应效谢安在新城欲自海道还,以遂其雅志,勿效羊昙他日发马策西州之感也。

洞仙歌

江南腊尽,早梅花开后。分付新春与垂柳。细腰支、自有入格风流。仍更是、骨体清英雅秀。　永丰坊那畔,尽日无人,谁见金丝弄晴昼。断肠是,飞絮时,绿叶成阴,无个事、一成消瘦。又莫是、东风逐君来,便吹散眉间,一点春皱。

此词与咏杨花相类,意有所指,非专咏柳也。"绿叶"以下数语似含讽刺,亦庄亦谐,耐人寻绎。

前调

仆七岁时,见眉山老尼姓朱,忘其名,年九十余。自言尝随其师入蜀主孟昶宫中。一日大热,蜀主与花蕊夫人夜起避暑摩诃池上,作一词,朱具能记之。今四十年,朱已死矣,人无知此词者。但记其首两句。暇日寻味,岂《洞仙歌令》乎?乃为足之云。

冰肌玉骨,自清凉无汗。水殿风来暗香满。绣帘开、一点明月窥人,人未寝,欹枕钗横鬓乱。　起来携素手,庭户无声,时见疏星渡河汉。试问夜如何,夜已三更,金波淡、玉绳低转。但屈指、西风几时来,又不道流年,暗中偷换。

全篇好语穿珠,清丽而兼高浑,风格似南唐二主。《漫叟诗话》称杨元素作本事曲,纪东坡《洞仙歌》词,有一士人,能诵其全篇,中有数句,与本集异。苕溪渔隐云:"当以东坡自定为正。"

西江月 梅花

玉骨那愁瘴雾,冰肌自有仙风。海仙时遣探芳丛。倒挂绿毛幺凤。　素面翻嫌粉涴,洗妆不褪唇红。高情已逐晓云空。不与梨花同梦。

《冷斋夜话》谓东坡在惠州作《梅花》词,时侍儿名朝云者新亡,"其寓意为朝云作也"。"梨花"句非特悼逝,且用王建诗"梦中唤作梨花云"句,兼切咏梅也。

卜算子 黄州定惠院寓居作

缺月挂疏桐,漏断人初静。时见幽人独往来,缥缈孤鸿影。惊起却回头,有恨无人省。拣尽寒枝不肯栖,寂寞沙洲冷。

山谷云:"东坡道人在黄州时作,语意高妙,似非吃烟火食人语,非胸中有数万卷书,笔下无一点尘俗气,孰能至此。"鲖阳居士云:"缺月,刺明微也;漏断,暗时也;幽人,不得志也;独往来,无助也;惊鸿,贤人不安也；回头，爱君不忘也；无人省，君不察也；拣尽寒枝不肯栖，不偷安于高位也；寂寞吴江冷，非所安也。此与《考槃》诗相似。"居士之评如是，此词当有寄托，但寓意何在，览者当能辨之。宋曾丰曰："东坡《卜算子》词，触兴于惊鸿，发乎性情也；收思于冷洲，归乎礼义也。"其为当时推重如是。

贺新郎

乳燕飞华屋。悄无人、桐阴转午，晚凉新浴。手弄生绡白团扇，扇手一时似玉。渐困倚、孤眠清熟。帘外谁来推绣户，枉教人、梦断瑶台曲。又却是，风敲竹。　石榴半吐红巾蹙。待浮花、浪蕊都尽，伴君幽独。秾艳一枝细看取，芳心千重似束。又恐被、秋风惊绿。若待得君来向此，花前对酒不忍触。共粉泪，两簌簌。

此词极写其特立独行之概。以上阕"孤眠"之"孤"字，下阕"幽独"之"独"字，表明本意。"新浴"及"扇手"三句喻其身之洁白，焉能与浪蕊浮花为伍，犹屈原不能以皓皓之白，入汶汶之世也。下阕"芳心千重似束"句及"秋风"句言已深闭退藏,而人犹不恕,极言其忧谗畏讥之意。对花真赏,知有何人,惟有沾襟之粉泪耳。

哨遍

睡起画堂,银蒜押帘,珠幕云垂地。初雨歇,洗出碧罗天,正溶溶养花天气。一霎暖、风回芳草,荣光浮动,卷皱银塘水。方杏靥匀酥,花须吐绣,园林排比红翠。见乳燕捎蝶过繁枝。忽一线炉香逐游丝。昼永人闲,独立斜阳,晚来情味。

便乘兴携将佳丽。深入芳菲里。拨胡琴语,轻拢慢撚总利。看紧约罗裙,急趋檀板,霓裳入破惊鸿起。颦月临眉,醉霞横脸,歌声悠扬云际。任满头红雨落花飞。渐鳷鹊楼西玉蟾低。尚徘徊、未尽欢意。君看今古悠悠,浮宦人间世。这些百岁光阴几日,三万六千而已。醉乡路稳不妨行,但人生、要适情耳。

此词凡二首,前首乃櫽括归去来词意,此首自写其闲淡旨趣。上阕"乳燕""游丝"五句写春昼物态固佳,若谓隐喻人世纷扰,在冷眼观之尤妙。下阕以丝竹陶写哀乐,"落花"三句尤见雅兴,虽与渊明之独寻邱壑,行乐不同，而其聊以自娱，委心任命则同。

西江月

春夜行蕲水中，过酒家饮，酒醉，乘月至一溪桥上，解鞍曲肱少休。及觉，已晓。乱山葱茏，不谓尘世也。书此词于桥柱上。

照野弥弥浅浪，横空隐隐层霄。障泥未解玉骢骄。我欲醉眠芳草。　可惜一溪风月，莫教踏碎琼瑶。解鞍欹枕绿杨桥。杜宇一声春晓。

诵其下阕四句，清狂自放，有"万象宾客"之概。觉相如题桥，未能免俗也。

鹧鸪天

林断山明竹隐墙。乱蝉衰草小池塘。翻空白鸟时时见，照水红蕖细细香。　村舍外，古城旁。杖藜徐步转斜阳。殷勤昨夜三更雨，又得浮生一日凉。

情真景真,随手写来,盎然天趣。结尾二句较"一雨虚斋三日凉"诗尤耐吟讽。

望江南

春未老,风细柳斜斜。试上超然台上看,半壕春水一城花。烟雨暗千家。　　寒食后,酒醒却咨嗟。休对故人思故国,且将新火试新茶。诗酒趁年华。

"春水"二句超然台之景宛然在目。下阕故人故国,触绪生悲,新火新茶,及时行乐,以此易彼,公诚达人也。

青玉案　和贺方回韵送伯固归吴中

三年枕上吴中路。遣黄犬、随君去。若到松江呼小渡。莫惊鸳鹭,四桥尽是,老子经行处。　　辋川图上看春暮。常记高人右丞句。作个归期天已许。春衫犹是,小蛮针线,曾湿西湖雨。

因送友归吴,忆及松江四桥,并忆及西湖,重抚春衫，联想及小蛮针线，盖因西湖陈迹，常在念中，故触处兴怀，结句尤蕴藉多情。元白仁甫《天籁集·永遇乐·游西湖》云："更耐濛濛细雨，湿了小蛮针线。"即引用此词也。

临江仙 送钱穆父

一别都门三改火，天涯踏尽红尘。依然一笑作春温。无波真古井，有节是秋筠。　惆怅孤帆连夜发，送行淡月微云。樽前不用翠眉颦。人生如逆旅，我亦是行人。

前调

夜饮东坡醒复醉，归来仿佛三更。家童鼻息已雷鸣。敲门都不应，倚杖听江声。　长恨此身非我有，何时忘却营营。夜阑风静縠纹平。小舟从此逝，江海寄余生。

前首因送友而言我亦逆旅中行人之一，语极旷达。次首方写江上夜归情景，忽欲扁舟入海，此老胸次，时有绝尘霞举之思。《临江仙》调凡十二首，此二首最为高朗。

南乡子　重九涵辉楼呈徐君猷

霜降水痕收。浅碧鳞鳞露远洲。酒力渐消风力软,飕飕。破帽多情却恋头。　佳节若为酬。但把清尊断送秋。万事到头都是梦,休休。明日黄花蝶也愁。

恋我惟有破帽,写愁惟有胡蝶,皆托想高妙处。

菩萨蛮　回文夏闺怨

柳庭风静人眠昼。昼眠人静风庭柳。香汗薄衫凉。凉衫薄汗香。　手红冰碗藕。藕碗冰红手。郎笑藕丝长。长丝藕笑郎。

宋词中作回文体者绝少。《东坡乐府》中有七调,录其《四时闺怨》词《夏景》一首,以备一格。

浣溪沙　咏橘

菊暗荷枯一夜霜。新苞绿叶照林光。竹篱茅舍出青黄。香雾噀人惊半破,清泉流齿怯初尝。吴姬三日手犹香。

此作纯用赋体,描写确肖。

行香子

清夜无尘。月色如银。酒斟时、须满十分。浮名浮利,虚苦劳神。叹隙中驹,石中火,梦中身。　虽抱文章,开口谁亲。且陶陶、乐尽天真。几时归去,作个闲人。对一张琴,一壶酒,一溪云。

一气写出,自乐其天,快人快语。放翁、山谷集中,时亦见之。

点绛唇　再和送钱公永

莫唱阳关,风流公子方终宴。泰山禹甸。缥缈真奇观。北望平原,落日山衔半。孤帆远。我歌君乱。一送西飞雁。

下阕情韵高远。此调凡五首,夏闰庵爱此一首。

行香子

北望平川。野水荒湾。共寻春、飞步孱颜。和风弄袖,香雾萦鬟。正酒酣适,人语笑,白云间。　飞鸿落照,相将归去,淡娟娟、玉宇清闲。何人无事,宴坐空山。望长桥上,灯火乱,使君还。

淮北之地平旷,自京师至汴口并无山,故起笔有"北望平川"之语。淮河隔岸有南山,山有石崖,刻东坡《行香子》词,后题云:"与泗守过南山晚归作。"结句"长桥""灯火"三句指泗守归去而言,设想有高人宴坐山中,下望长桥灯火,词心高妙。此词因禁元祐文字,遂镌去之。苕溪渔隐云："曾打得此碑，所书乃小字也。"

蝶恋花

花褪残红青杏小。燕子来时，绿水人家绕。枝上柳绵吹又少。天涯何处无芳草。　　墙里秋千墙外道。墙外行人，墙里佳人笑。笑渐不闻声渐悄。多情却被无情恼。

絮飞花落，每易伤春，此独作旷达语。下阕墙内外之人，干卿底事，殆偶闻秋千笑语，发此妙想，多情而实无情，是色是空，公其有悟耶？

水龙吟　笛

楚山修竹如云，异材秀出千秋表。龙须半剪，凤膺微涨，玉肌匀绕。木落淮南，雨晴云梦，月明风袅。自中郎不见，桓伊去后，知辜负、秋多少。　　闻道岭南太守，后堂深、绿珠娇小。绮窗学弄，梁州初遍，霓裳未了。嚼徵含宫，泛商流羽，一声云杪。为使君洗尽，蛮风瘴雨，作霜天晓。

愚溪云："笛制，取良干，首存一节，节间留纤枝，剪而束之，节以下当膺处则微张，全体皆须白净。"此词上阕"龙须"三句形容尽致，"木落"三句咏笛而兼状景物，中郎桓伊，更悠然怀友，可谓句意并到。结句一奏霜天之曲，瘴雨蛮风，一时尽扫，见笛韵之高也。

好事近　西湖夜归

湖上雨晴时，秋水半篙初没。朱槛俯窥寒鉴，照衰颜华发。　醉中吹堕白纶巾，溪风漾流月。独棹小舟归去，任烟波摇兀。

西湖夜归，清幽之境也，不可无此雅词。下阕四句有潇洒出尘之致。结句"摇兀"二字下语尤得小舟之神。查初白诗"橹枝摇梦过春江"，其得趣正在摇字。"溪风漾流月"五字与唐人"滩月碎光流"句，皆写景入细。

阳关曲　三首

暮云收尽溢清寒。银汉无声转玉盘。此生此夜不长好，明月明年何处看。

受降城下紫髯郎。戏马台南旧战场。恨君不取契丹首,金甲牙旗归故乡。

济南春好雪初晴。才到龙山马足轻。使君莫忘雩溪女,还作阳关肠断声。

此三首重在音律,入乐府腔,即《小秦王》调。第一首第三句之"此"字、"不"字,必用仄声,第四句"何"字必用平声。三首皆同。以词论,第一首"此生此夜"二句固极达观,二、三首亦各有思致,音节复劲宕入古。

戚氏

玉龟山。东皇灵媲统群仙。绛阙岧峣,翠房深迥,倚霏烟。幽闲。志萧然。金城千里锁婵娟。当时穆满巡狩,翠华曾到海西边。风露明霁,鲸波极目,势浮舆盖方圆。正迢迢丽日,玄圃清寂,琼草芊绵。　争解绣勒香鞯。鸾辂驻跸,八马戏芝田。瑶池近、画楼隐隐,翠鸟翩翩。肆华筵。间作脆管鸣弦。宛若帝所钧天。稚头皓齿,绿发方瞳,圆极恬淡高妍。　尽倒琼壶酒，献金鼎药，固大椿年。缥缈飞琼妙舞，命双成、奏曲醉留连。云璈韵响泻寒泉。浩歌畅饮，斜月低河汉。渐绮霞、天际红深浅。动归思、回首尘寰。烂漫游、玉辇东还。杏花风、数里响鸣鞭。望长安路，依稀柳色，翠点春妍。

以白雪之高词，发青霞之遐想，为《东坡乐府》二卷中希有之作。壮采奇情，神游八极，晋水璇台之享，九骥回翔；洞庭广乐之张，百灵踊跃，方斯词境。观其后段"玉辇""长安"等句，心在魏阙，有少陵"依斗望京"之思乎？

阮郎归

绿槐高柳咽新蝉。熏风初入弦。碧纱窗下水沉烟。棋声惊昼眠。　微雨过，小荷翻。榴花开欲然。玉盆纤手弄清泉。琼珠碎又圆。

写闺情而不着妍辞，不作情语，自有一种闲雅之趣。

李之仪 一首

卜算子

我住长江头,君住长江尾。日日思君不见君,共饮长江水。此水几时休,此恨何时已。只愿君心似我心,定不负相思意。

上阕四句真是古乐府俊语,与东坡诗"共饮玻璃江"用意略同。之仪著《姑溪词》一卷,凡八十八阕,工于小令,言情写景,以淡雅出之。如《鹧鸪天》云:"时时浸手心头熨,受尽无人知处凉。"《南乡子》云:"点滴芭蕉疏雨过,微凉。画角悠悠送夕阳。"《减字木兰花》云:"变尽星星。一滴秋霖是一茎。"又《南乡子》云:"步懒恰寻床。卧看游丝到地长。"人谓置之《片玉》《漱玉》集中,莫能伯仲。叔旸不列于南渡诸家,未免遗珠矣。

孔平仲 一首

千秋岁

春风湖外。红杏花初退。孤馆静,愁肠碎。泪余痕在枕,别久香消带。新睡起。小园戏蝶飞成对。　　惆怅人谁会。随处聊倾盖。情暂遣,心何在。锦书消息断,玉漏花阴改。迟日暮,仙山杳杳空云海。

上阕"泪余"二语、下阕"锦书"二语句意并美。"戏蝶"结笔有"人独燕双"之感,"云海"结笔有"暮云春树"之怀。转头处四句寂寥谁慰,所倾盖者,皆悠泛之交,聊以自遣,知音难得,言下慨然。此词和秦少游韵,格调不让秦郎也。

王雱 一首

眼儿媚

杨柳丝丝弄轻柔。烟缕织成愁。海棠未雨,梨花先雪,一半春休。　而今往事难重省,归梦绕秦楼。相思只在,丁香枝上,豆蔻梢头。

"未雨""先雪"四字颇新。下阕"梦绕秦楼",而只在"丁香""豆蔻",丽不伤雅,托思空灵。

张景修 一首

选冠子　咏柳

嫩水挼蓝，遥堤影翠，半雨半烟桥畔。鸣禽弄舌，蔓草萦心，偏称谢家池馆。红粉墙头，步摇金缕，纤柔舞腰低软。被和风、搭在阑干，终日画帘高卷。　春易老，细叶舒眉，轻花吐絮，渐觉绿阴成幔。章台系马，灞水维舟，谁念凤城人远。惆怅故国阳关，杯酒飘零，惹人肠断。恨青青客舍，江头风笛，乱云空晚。

上阕皆切合本题，藻不妄抒，笔致亦灵动。转头四句咏柳渐成阴，句颇工细。凡咏柳者，易涉离情，作者不能外此。佳处在"章台""灞水"三句浑成而有逸宕之致，结处更能振起全篇。

黄庭坚 七首

蓦山溪　赠衡阳妓陈湘

鸳鸯翡翠,小小思珍偶。眉黛敛秋波,尽湖南、山明水秀。娉娉袅袅,恰近十三余,春未透。花枝瘦。正是愁时候。
寻芳载酒。肯落谁人后。只恐远归来,绿成阴、青梅如豆。心期得处,每自不由人,长亭柳。君知否。千里犹回首。

鸳鸯翡翠,皆同命之鸟,起笔以之为喻。此词乃山谷闲情之赋也。"春未透"三句极为学者称赏。秦湛词云:"春透水波明,寒峭花枝瘦。"即仿此。

南歌子

槐绿低窗暗,榴红照眼明。玉人邀我少留行。无奈一帆烟雨、画船轻。　　柳叶随歌皱,梨花与泪倾。别时不似见时情。今夜月明江上、酒初醒。

　　山谷少时,喜为纤靡之词,法秀道人戒之曰:"君之笔墨,应堕犁舌地狱。"答曰:"空中语耳。"集中此类词甚多,录其《南歌子》一首,婉而有韵,丽而能雅。上半首叙欲别之前,"画船"句摇曳生姿,有"每闻清歌,辄唤奈何"之意。后半首"柳叶"喻眉,"梨花"喻面,结句扁舟独夜,酒醒梦回,不言愁而愁怀无际,与"今宵酒醒何处,杨柳岸晓风残月"句,同其怅惘也。

逍遥乐

春意渐归芳草。故国佳人,千里信沉音杳。雨润烟光,晚景澄明,极目危阑斜照。梦当年少。对尊前、上客邹枚,小鬟燕赵。共舞雪歌尘,醉里谈笑。　　花色枝枝争好。鬓丝年年渐老。如今遇风景，空瘦损、向谁道。东君幸赐与，天幕翠遮红绕。休休，醉乡歧路，华胥蓬岛。

　　词因春日怀人而作，但于感旧之余，具超尘之想，可见襟怀旷达。首三句叙明本意。"雨润"三句写当春景物，笔有闲适纡回之致。以下承"故国佳人"句，仙侣题襟，名姬劝酒，是何等兴会！不言愁而惆怅之思，溢于言外。下阕言春色重归，而旧雨飘零，年华老去，人何以堪！幸天意无私，不因人事而减其翠舞红酣之色。既悟盛筵之难再，则醉乡仙境，正可埋愁，即山谷《渔家傲》词落帽提壶，逢花一笑之意也。

西江月

断送一生惟有，破除万事无过。远山横黛蘸秋波。不饮旁人笑我。　　花病等闲瘦弱，春愁没处遮拦。杯行到手莫留残。不道月斜人散。

　　起二句咏酒，而用成句作歇后语，为词中创格。《后山诗话》云："盖韩诗有云：'断送一生唯有酒。'破除万事无过酒。'才去一字,遂为切对,而语益峻。又云:'杯行到手莫留残,不道月明人散。'谓思相离之忧,则不得不尽,而俗士改为留连,遂使两句相失。"

千秋岁　追和秦少游

少游得谪,尝梦中作词云:"醉卧古藤阴下,了不知南北。"竟以元符庚辰,死于藤州光华亭上。崇宁甲申,庭坚窜宜州,道过衡阳,览其遗墨,始追和其《千秋岁》词。

苑边花外。记得同朝退。飞骑轧,鸣珂碎。齐歌云绕扇,赵舞风回带。严鼓断,杯盘狼藉犹相对。　洒泪谁能会。醉卧藤阴盖。人已去,词空在。兔园高宴悄,虎观英游改。重感慨,波涛万顷珠沉海。

先叙同官之乐,后言长别之悲,结句极沉痛。《晁无咎词》卷中亦载此调,题云《次韵吊秦少游》。以山谷过藤州事证之,《无咎集》中当系误入也。

虞美人　宜州见梅花

天涯也有江南信。梅破知春近。夜阑风细得香迟。不道晓来开遍向南枝。　玉台弄粉花应妒。飘到眉心住。平生个里愿杯深。去国十年老尽少年心。

山谷受谴之日，投床酣卧，人服其德性坚定。此词殊方逐客，重见梅花，仅感叹少年，而绝无怨尤之语，诵其词可知其人矣。上阕"夜阑风细"二句殊清婉有致。

鹧鸪天

坐中有眉山隐客史应之和前韵，即席答之。

黄菊枝头生晓寒。人生莫放酒杯干。风前横笛斜吹雨，醉里簪花倒着冠。　身健在，且加餐。舞裙歌板尽情欢。黄花白发相牵挽，付与旁人冷眼看。

词为重九登高而作，凡二首，皆同韵。前首"冠"字韵云"我对西风犹整冠"，"看"字韵云"更把茱萸仔细看"，不及此押"冠""看"二字，风趣殊胜。

郑仪 一首

调笑令

声切。恨难说。千里潮平春浪阔。梅风不解相思结。忍送落花飞雪。多才一去芳音绝。更对珠帘新月。

促拍幺弦,自成凄调。"落花飞雪"句及结句尤有情韵。

李元膺 一首

洞仙歌

雪云散尽,放晓晴庭院。杨柳于人便青眼。更风流多处,一点梅心,相映远。约略颦轻笑浅。　一年春好处,不在浓芳,小艳疏香最娇软。到清明时候,百紫千红花正乱。已失春风一半。早占取韶光、共追游,但莫管春寒,醉红自暖。

赏春须早,有"好花看到半开时"意。较"花开堪折直须折,莫待无花空折枝"诗尤为警动。日中则昃,操刀必割,凡事争天下之先,不仅赏春也。元膺尝曰:"一年春物,惟梅柳间意味最深。至莺花烂漫时,则春已衰迟,使人无复新意。余作《洞仙歌》,使探春者歌之,无后时之悔。"

秦观 二十五首

风流子

东风吹碧草,年华换、行客老沧洲。见梅吐旧英,柳摇新绿,恼人春色,还上枝头。寸心乱,北随云黯黯,东逐水悠悠。斜日半山,暝烟两岸,数声横笛,一叶扁舟。　青门同携手,前欢记、浑似梦里扬州。谁念断肠南陌,回首西楼。算天长地久,有时有尽,奈何绵绵,此恨无休。拟待倩人说与,生怕人愁。

"寸心乱"三句极写离愁之无限,以下之"斜日""暝烟"四叠句遂一气奔赴,更觉力量深厚。下阕"天长地久"四句虽点化乐天《长恨歌》,而以"倩人说与"句融纳之,便运古入化,弥见情深。

八六子

倚危亭。恨如芳草,萋萋刬尽还生。念柳外青骢别后,水边红袂分时,怆然暗惊。　　无端天与娉婷。夜月一帘幽梦,春风十里柔情。怎奈何、欢娱渐随流水,素弦声断,翠绡香减,那堪片片飞花弄晚,濛濛残雨笼晴。正消凝。黄鹂又啼数声。

结句清婉,乃少游本色。起笔三句独用重笔,便能振起全篇。

浣溪沙

青杏园林煮酒香。佳人初试薄罗裳。柳丝摇曳燕飞忙。乍雨乍晴花易老,闲愁闲闷日偏长。为谁消瘦减容光。

前半虽未见精湛,后三句则纯以轻笔写幽怀,若风拂柳丝,曼绿柔姿,留人顾盼,差近五代风格。〇此词一作晏殊词,或作欧阳修词。

满庭芳

晓色云开,春随人意,骤雨才过还晴。古台芳榭,飞燕蹴红英。舞困榆钱自落,秋千外、绿水桥平。东风里,朱门映柳,低按小秦筝。　　多情。行乐处,珠钿翠盖,玉辔红缨。渐酒空金榼,花困蓬瀛。豆蔻梢头旧恨,十年梦、屈指堪惊。凭阑久,疏烟淡日,寂寞下芜城。

前写景,后言情,流利轻圆,是其制胜处。

金明池

琼苑金池,青门紫陌,似雪杨花满路。云日淡、天低昼永,过三点两点细雨。好花枝、半出墙头,似怅望、芳草王孙何处。更水绕人家,桥当门巷,燕燕莺莺飞舞。　　怎得东君长为主。把绿鬓朱颜,一时留住。佳人唱、金衣莫惜,才子倒、玉山休诉。况春来、倍觉伤心,念故国情多,新年愁苦。纵宝马嘶风,红尘拂面,也则寻芳归去。

金明池在长安东门外,为春日裙屐踏青之地,烟波浩渺,弋人每于此获凫雁。上阕纪水边风物,"花枝"二句景中带情。下阕"宝马""红尘"仍承上春游之意,人乐而我悲,所思不见,惟惆怅独归耳。

鹧鸪天

枝上流莺和泪闻。新啼痕间旧啼痕。一春鱼鸟无消息,千里关山劳梦魂。　　无一语,对芳樽。安排肠断到黄昏。甫能炙得灯儿了,雨打梨花深闭门。

《古今词话》极赏此词,谓形容愁怨之意最工。结笔二句,颇有言外之意。

千秋岁

水边沙外。城郭春寒退。花影乱,莺声碎。飘零疏酒盏,离别宽衣带。人不见,碧云暮合空相对。　　忆昔西池会。鹓鹭同飞盖。携手处,今谁在。日边清梦断,镜里朱颜改。春去也,飞红万点愁如海。

《冷斋夜话》谓少游此词"想见其神情在绛阙道山之间",乃和其韵。《后山诗话》云:"世称秦词'愁如海'为新奇,不知李后主已云:'问君能有几多愁,恰似一江春水向东流。'但以江为海耳。"夏闰庵云:"此词以'愁如海'一语生色,全体皆振,乃所谓警句也。如玉田所举诸句,能似此者甚罕。"少游殁于藤州,山谷过其地,追和此调以吊之。

鹊桥仙

纤云弄巧,飞星传恨,银汉迢迢暗度。金风玉露一相逢,便胜却、人间无数。　　柔情似水,佳期如梦,忍顾鹊桥归路。两情若是久长时,又岂在、朝朝暮暮。

《草堂诗余》评云:"七夕歌以双星会少别多为恨,少游此词,谓两情若久,不在朝朝暮暮,所谓化臭腐为神奇,宁不醒人心目。"夏闰庵云:"七夕词最难作,宋人赋此者,佳作极少,惟少游一词可观,晏小山《蝶恋花》赋七夕尤佳。"

水龙吟　妓

小楼连苑横空,下窥绣毂雕鞍骤。疏帘半卷,单衣初试,清明时候。破暖轻风,弄晴微雨,欲无还有。卖花声过尽,斜杨院落,红成阵,飞鸳甃。　　玉佩丁东别后。怅佳期、参差难又。名缰利锁,天还知道,和天也瘦。花下重门,柳边深巷,不堪回首。念多情但有,当时皓月,照人依旧。

原题但言赠妓。《高斋诗话》曰:"少游在蔡州,与营妓娄婉字东玉者甚密,赠之词云:'小楼连苑横空。'"此词上阕"破暖轻风"七句,虽纯以轻婉之笔写春景,而观其下阕,则花香帘影中,有伤春人在也。

南歌子

玉漏迢迢尽,银潢淡淡横。梦回宿酒未全醒。已被邻鸡催起、怕天明。　　臂上妆犹在,襟间泪尚盈。水边灯火渐人行。天外一钩残月、带三星。

此词与清真《蝶恋花》词相似，"邻鸡催起"句有清真侵晓惜别之意，"灯火人行"句有清真"露寒人远"之意，但情景真切，视清真尚隔一尘耳。《高斋诗话》以此词为赠妓陶心儿，故末句"残月带三星"，借喻心字也。

画堂春

东风吹柳日初长。雨余芳草斜阳。杏花零落燕泥香。睡损红妆。　　香篆暗消鸾凤，画屏萦绕潇湘。暮寒轻透薄罗裳。无限思量。

《古今词话》云："少游'芳草''杏花'二句，善于赋景物；'香篆''画屏'二句便含蓄无限思量之意。"此其有感而作也。

菩萨蛮

蛩声泣露惊秋枕。罗帷泪湿鸳鸯锦。独卧玉肌凉。残更与恨长。　　阴风翻翠幔。雨涩灯花暗。毕竟不成眠。鸦啼金井寒。

清丽为邻,且余韵不尽,颇近五代词意。

踏莎行

雾失楼台,月迷津渡。桃源望断无寻处。可堪孤馆闭春寒,杜鹃声里斜阳暮。　　驿寄梅花,鱼传尺素。砌成此恨无重数。郴江幸自绕郴山,为谁流下潇湘去。

《冷斋夜话》云:"少游到郴州,作长短句(即此词)。……东坡绝爱其尾二句,自书于扇曰:'少游已矣!虽万人何赎。'"范元实《诗眼》云:"淮海小词云'杜鹃声里斜阳暮',山谷曰:'此词高绝!但既云"斜阳",又云"暮",则重出也。'欲改'斜阳'……难得好字。"

江城子

西城杨柳弄春柔。动离忧。泪难收。犹记多情,曾为系归舟。碧野朱桥当日事,人不见,水空流。　　韶华不为少年留。恨悠悠。几时休。飞絮落花时候、一登楼。便做春江都是泪,流不尽,许多愁。

结尾二句与李后主之"恰似一江春水向东流"、徐师川之"门外重重叠叠山,遮不断愁来路",皆言愁之极致。

点绛唇　桃源

醉漾轻舟,信流引到花深处。尘缘相误。无计花间住。烟水茫茫,回首斜阳暮。山无数。乱红如雨。不记来时路。

作此题橅栝本意,凡手皆能。此词擅胜处,在笔轻而韵秀,如初写黄庭,恰到好处。

满庭芳

山抹微云,天黏衰草,画角声断谯门。暂停征棹,聊共引离樽。多少蓬莱旧事,空回首、烟霭纷纷。斜阳外,寒鸦数点,流水绕孤村。　消魂。当此际,香囊暗解,罗带轻分。漫赢得、青楼薄幸名存。此去何时见也,襟袖上、空惹啼痕。伤情处,高城望断,灯火已黄昏。

起三句写凉秋风物，一片萧飒之音，已隐含离思。四、五句叙明停鞭饯别，此后若接写别离，便落恒径。作者用拓宕之笔，追怀往事，局势振起，且不涉儿女语而托之蓬岛烟云，尤见超逸。"斜阳外"三句传神绵渺，向推隽咏。下阕纯叙离情。结笔返棹归来，登城遥望征帆，已隔数重烟浦，阑珊灯火，只益人悲耳。

望海潮　广陵怀古

星分牛斗，疆连淮海，扬州万井提封。花发路香，莺啼人起，珠帘十里春风。豪俊气如虹。曳照春金紫，飞盖相从。巷入垂杨，画桥南北翠烟中。　　追思故国繁雄。有迷楼挂斗，月观横空。纹锦制帆，明珠溅雨，宁论雀马鱼龙。往事逐孤鸿。但乱云流水，萦带离宫。最好挥毫万字，一饮拼千钟。

首言州郡之雄壮，提挈全篇。次言途中之富丽，人物之豪俊。次乃及游赏归来，垂杨门巷，画桥碧阴，言居处之妍华，层层写出，如身到绿杨城郭。下阕言追怀炀帝时，其繁雄尤过于今日，迷楼朱障，极侈泰之娱；而物换星移，剩有乱云流水，与唐人过隋故宫诗"晚来风起花如雪，飞入宫墙不见人"及"闪闪残萤犹得意,夜深来往豆花丛"句,其感叹相似。

前调　洛阳怀古

梅英疏淡,冰澌溶泄,东风暗换年华。金谷俊游,铜驼巷陌,新晴细履平沙。长记误随车。正絮翻蝶舞,芳思交加。柳下桃蹊,乱分春色到人家。　西园夜饮鸣笳。有华灯碍月,飞盖妨花。兰苑未空,行人渐老,重来是事堪嗟。烟暝酒旗斜。但倚楼极目,时见栖鸦。无奈归心,暗随流水到天涯。

前段纪昔日游观之事。转头处"西园"三句极写灯火车骑之盛,惟其先用重笔,故重来感旧,倍觉凄清。后段真气流转,不下于《广陵怀古》之作。

如梦令

门外鸦啼杨柳。春色着人如酒。睡起熨沉香,玉腕不胜金斗。消瘦。消瘦。还是褪花时候。

前调

遥夜沉沉如水。风紧驿亭深闭。梦破鼠窥灯,霜送晓寒侵被。无寐。无寐。门外马嘶人起。

前调

幽梦匆匆破后。妆粉乱红沾袖。遥想酒醒来,无奈玉消花瘦。回首。回首。绕岸夕阳疏柳。

前调

楼外残阳红满。春入柳条将半。桃李不禁风,回首落英无限。肠断。肠断。人共楚天俱远。

前调

莺觜啄花红溜。燕尾点波绿皱。指冷玉笙寒,吹彻小梅春透。依旧。依旧。人与绿杨俱瘦。

此五首细审之当是一事，皆纪别之作。第一首总述春暮怀人，次首追叙欲别之时，马嘶人起，言送别也。三首"绕岸夕阳"言别后也。四首楚天人远，言远去也。与集中《南歌子》词由晓别而远去，次第写出，大致相似，但此分为数首耳。五首句最工丽，结处"绿杨俱瘦"与首章春暮怀人前后相应。

浣溪沙

漠漠轻寒上小楼。晓阴无赖似穷秋。淡烟流水画屏幽。自在飞花轻似梦，无边丝雨细如愁。宝帘闲挂小银钩。

清婉而有余韵，是其擅长处。此调凡五首，此首最胜。

减字木兰花

天涯旧恨。独自凄凉人不问。欲见回肠。断尽金炉小篆香。　　黛蛾长敛。任是东风吹不转。困倚危楼。过尽飞鸿字字愁。

"回肠"二句及"黛蛾"二句寻常之意,以曲折之笔写出,便生新致。结句含蕴有情。

米芾 一首

满庭芳

雅宴飞觞,清谈挥麈,使君高会群贤。密云双凤,初破镂金团。窗外炉烟自动,开瓶试、一品香泉。轻涛起,香生玉杵,雪溅紫瓯圆。　　娇鬟。宜美盼,双擎翠袖,稳步红莲。座中客翻愁,酒醒歌阑。点上纱笼画烛,花骢弄、月影当轩。频相顾,余欢未尽,欲去且留连。

词在甘露寺与周君品茶而作。先咏烹茶,细腻熨贴,后言捧茶之人,便饶风韵,老子江楼,兴复不浅。襄阳官书画学博士,书法与苏、黄齐名,填词其余事,亦复俊爽。朱秀水《词综》仅选此一调。

赵令畤 三首

蝶恋花

欲减罗衣寒未去。不卷珠帘,人在深深处。红杏枝头花几许。啼痕止恨清明雨。　　尽日水沉香一缕。宿酒醒迟,恼破春情绪。飞燕又将归信误。小屏风上西江路。

上段警拔不足而静婉有余,后段以闲淡之笔,写怀人心事。结处风华掩映,含蓄不尽。德麟为安定郡王,天水氏固多才子也。

锦堂春　春思

楼上萦帘弱絮,墙头碍月低花。年年春事关心事,肠断欲栖鸦。　舞镜鸾衾翠减，啼珠凤蜡红斜。重门不锁相思梦，随意绕天涯。

《苕溪渔隐丛话》云："德麟'重门不锁相思梦，随意绕天涯'、徐师川'柳外重重叠叠山，遮不断愁来路'，二词造语虽不同，其意绝相类。"

清平乐

春风依旧。着意隋堤柳。搓得鹅儿黄欲就。天气清明时候。　去年紫陌青门。今年雨魄云魂。断送一生憔悴，只消几个黄昏。

抚今追昔，人之常情。此词结末二句，何沉痛乃尔。

贺铸 四十二首

望湘人 春思

厌莺声到枕,花气动帘,醉魂愁梦相半。被惜余熏,带惊剩眼。几许伤春春晚。泪竹痕鲜,佩兰香老,湘天浓暖。记小江、风月佳时,屡约非烟游伴。　　须信鸾弦易断。奈云和再鼓,曲终人远。认罗袜无踪,旧处弄波清浅。青翰棹舣,白蘋洲畔。尽目临皋飞观。不解寄、一字相思,幸有归来双燕。

此词但标题《春思》,而鸾弦易断,自来多咏悼亡,观其《思越人》词"头白鸳鸯失伴飞"等句,此词当有望庐思人之感,非泛写春思也。题意重在起笔之"厌"字,"莺声""花气",正娱赏之时,而转厌其搅人愁梦,乃极写伤春之情绪。"泪竹"三句笔势展布,且凄艳动人。上阕既云兰竹湘天，后又云罗袜凌波，则所思者，当在水一方，想象于湘云楚雨间也。

思越人

谁爱松陵水似天。画船听雨奈无眠。清风明月休论价，卖与愁人直几钱。　挥醉笔，扫吟笺。一时朋辈饮中仙。白头□□江湖上，袖手低回避少年。

清风明月，本藉消愁，乃买不费钱，而愁人不取，其愁宁可解耶！下阕言人见其于少年场中敛手绝迹，安知当日狂倾阮籍之杯，高咏谪仙之句，亦翩翩浊世之人。盖袖手避之者，即其《踏莎行》词所谓"元龙非复少时豪"，图耳根清净耳。"白头"句原本缺二字。

前调

重过阊门万事非。同来何事不同归。梧桐半死清霜后，头白鸳鸯失伴飞。　原上草，露初晞。旧栖新垄两依依。空床卧听南窗雨，谁复挑灯夜补衣。

此在悼亡词中,情文相生,等于孙楚。"鸳鸯"句与潘安仁诗"如彼翰林鸟,双飞一朝只"正同。下阕从"新垄""旧栖"见意。"原上草"二句悲新垄也,"空床"二句悲旧栖也。郭频伽词"挑灯影里,还认那人无睡",宜其抚寒衣而陨涕矣。

捣练子

砧面莹,杵声齐。捣就征衣泪墨题。寄到玉关应万里,戍人犹在玉关西。

此调凡六首。第一首缺字甚多,此为第三首。与"却望并州是故乡"诗句,"行人更在青山外"词句皆有"更行更远"之意。其四首云"不为捣衣勤不睡,破除今夜夜如年",五首云"想见垄头长戍客,授衣时节也思家",六首云"连夜不妨频梦见,过年惟望得书归",皆有唐人《塞下曲》思致。

南歌子

疏雨池塘见,微风襟袖知。阴阴夏木转黄鹂。何处飞来白鹭、立移时。　易醉扶头酒,难逢敌手棋。日长偏与睡相宜。睡起芭蕉叶上、自题诗。

《南歌子》共二首。其第一首缺十字,有"分付一春心事两眉尖"句,写闺情极融浑。此首"白鹭"句写景,"芭蕉"句写景,皆有闲适之致,淡而弥永。

一落索

初见碧纱窗下绣。寸波频溜。错将黄晕压檀花,翠袖掩、纤纤手。　金缕一双红豆。情通色授。不应学舞爱垂杨,甚长为、春风瘦。

妍情丽藻,颇似南唐。结句有含毫不尽意。

太平时

九曲池头三月三。柳毵毵。香尘扑马喷金衔。浣春衫。苦笋鲥鱼乡味美。梦江南。阊门烟水晚风恬。落归帆。

昔人谓南方笋鲫之美,不让莼鲈,诵此词下阕,知吴阊风味之佳,宋人已称羡之。恽南田诗"江南鲜笋趁鲥鱼"与此同意。

定风波

墙上夭桃簌簌红。巧随轻絮入帘栊。自是芳心贪结子。翻使。惜花人恨五更风。　露萼鲜浓妆脸靓。相映。隔年情事此门中。粉面不知何处在。无奈。武陵流水卷春空。

桃贪结子,使人恨花易凋残。陈云伯《题眉楼图》云:"东风不结相思子,种得桃花当写愁。"因顾横波无子,于眉楼外种桃花,则又爱其能结子也。桃本无情,重至湖州之小杜,见其满枝结子,只自伤耳。

踏莎行

杨柳回塘,鸳鸯别浦。绿萍涨断莲舟路。断无蜂蝶慕幽香,红衣脱尽芳心苦。　返照迎潮,行云带雨。依依似与骚人语。当年不肯嫁春风,无端却被秋风误。

屏除簪绂,长揖归田,已如莲花之褪尽红衣,乃洗净铅华,而仍含莲子中心之苦,将怨谁耶?故下阕言当初不嫁春风,本冀秋江自老,岂料秋风不恤,仍横被摧残,盖申足上阕之意也。

小梅花

缚虎手。悬河口。车如鸡栖马如狗。白纶巾。扑黄尘。不知我辈,可是蓬蒿人。衰兰送客咸阳道。天若有情天亦老。作雷颠。不论钱。谁问旗亭,美酒斗十千。　酌大斗。起为寿。青鬓常青古无有。笑嫣然。舞翩然。当垆秦女,十五语如弦。遗音能记秋风曲。事去千年犹恨促。揽流光。系扶桑。争奈愁来,一日即为长。

节短而韵长,调高而音凄,其雄恢才笔,可与放翁、稼轩争驱夺槊矣。

六州歌头

少年侠气,交结五都雄。肝胆洞。毛发耸。立谈中。死生同。一诺千金重。推翘勇。矜豪纵。轻盖拥。联飞鞚。斗城东。轰饮酒垆,春色浮寒瓮。吸海垂虹。闲呼鹰嗾犬,白羽摘雕弓。狡穴俄空。乐匆匆。　似黄粱梦。辞丹凤。明月共。漾孤篷。官冗从。怀倥偬。落尘笼。簿书丛。鹖弁如云众。供粗用。忽奇功。笳鼓动。渔阳弄。思悲翁。不请长缨,系取天骄种。剑吼西风。怅登山临水,手寄七弦桐。目送归鸿。

此与《小梅花》调皆雄健激昂,为集中希有之作。上阕"酒垆"以下七句、下阕"长缨"以下六句,尤为警拔。

雨中花

清滑京江人物秀。富美发、丰肌素手。宝子余妍,阿娇余韵，独步秋娘后。　奈倦客襟怀先怯酒。问何意、歌鼙易皱。弱柳飞绵，繁花结子，做弄伤春瘦。

上阕实赋其人，下阕飞绵结子之感。诵"容易生儿似阿侯"句，东山却被做弄，倦客伤春，徒怜瘦损耳。

燕瑶池

琼钩褰幔。秋风观。漫漫。白云联渡河汉。长宵半。参旗烂烂。何时旦。　命闺人、金徽重按。商歌怨。依稀广陵清散。低眉叹。危弦未断。肠先断。

结句极沉痛，如孟才人之歌《河满》，寸寸回肠矣。

临江仙

巧剪合欢罗胜子，钗头春意翩翩。艳歌浅笑拜嫣然。愿郎宜此酒，行乐驻华年。　未是文园多病客，幽襟凄断堪怜。旧游梦挂碧云边。人归落雁后，思发在花前。

《复斋漫录》云:"黄山谷守当涂,方回于人日过之,席上用唐薛道衡句作词,山谷遂以《雁后归》名之。"此腔本名《临江仙》,今仍其旧云。此词未见特色,录之为词苑谈资。

水调歌头

南国本潇洒。六代浸豪奢。台城游冶。襞笺能赋属宫娃。云观登临清夏。璧月留连长夜。吟醉送年华。回首飞鸳瓦。却羡井中蛙。　　访乌衣,寻白社。不容车。旧时王谢。堂前双燕过谁家。楼外河横斗挂。淮上潮平霜下。樯影落寒沙。商女篷窗罅。犹唱后庭花。

此阕平仄句皆叶韵,东山之创作也。录之以备一格。词系金陵怀古,宫娃能赋,曾吟璧月良宵;商女无愁,谁问故家梁燕,六朝如梦,感慨系之矣。

满江红

火禁初开,深深院、几重帘箔。人自起、翠衾寒梦,夜来风恶。肠断残红和泪落,半随轻雨飘池角。记采兰、携手曲江游,年时约。　　芳物大,都如昨。自怨别,疏行乐。被无情双燕,短封难托。谁念东阳消瘦骨,更堪白苎衣衫薄。向小窗、题满杏花笺,伤春作。

咏风雨摧花,而词心宛转随之,情与景皆臻妙境。下阕骨瘦更堪衣薄,乃加倍写愁法。结句亦简洁。

青玉案　题横塘路

凌波不过横塘路。但目送、芳尘去。锦瑟华年谁与度。月桥花榭,绮窗朱户。只有春知处。　　碧云冉冉蘅皋暮。采笔新题断肠句。试问闲愁都几许。一川烟草,满城风絮。梅子黄时雨。

"锦瑟"四句,花榭绮窗,只有春风吹到,其寂寥之况与离索之怀,皆寓其中。下阕"闲愁"以下四句用三叠笔写愁,如三叠阳关,令人凄绝。题标《横塘路》,当有伊人宛在,非泛写闲愁也。

感皇恩

兰芷满汀洲,游丝横路。罗袜尘生步。回顾。整鬟颦黛,脉脉多情难诉。细风吹落絮。人南渡。　　回首旧游,山无重数。花底深朱户。何处。半黄梅子,向晚一帘疏雨。断魂分付与。春将去。

此调与前首皆录别之作。前首云"目送芳尘去",乃指人而言;此云"南渡回首",则就己而言。"细风"二句有远韵。下阕在万重山外寄思,由花底而朱户,而梅雨帘栊,离心层递而远,心凭谁寄,只可托付春风,惟名手能曲曲写出。

薄幸

淡妆多态。更的的、频回盼睐。便认得、琴心先许,欲绾合欢罗带。记画堂、风月逢迎,轻颦浅笑娇无奈。向睡鸭炉边,翔鸳屏里,与把香囊暗解。　　自过了收灯夜,都不见、踏青挑菜。几回凭双燕,丁宁深意,往来却恨重帘碍。知何时再。正春浓酒困，人闲昼永聊赖。厌厌睡起，犹有花梢日在。

上阕追叙前欢，下阕言紫燕西来，已寄书多阻，姑借酒以消磨永昼。乃酒消睡醒，仍日未西沉，清昼悠悠，遣愁无计，极写其无聊之思。原题云《忆故人》，知其眷恋之深，调用《薄幸》，殆其自谓耶？

菩萨蛮

厌厌别酒商歌送。萧萧凉叶秋声动。小泊画桥东。孤舟月满篷。　　高城遮短梦。衾藉余香拥。多谢五更风。犹闻城里钟。

别后乌篷小泊，夜色清幽，正在拥衾不寐，着想无从，忽闻城内钟声，其来处当与伊人相近，一缕相思，逐钟声俱往，或随风吹到君边也。

鹧鸪词

月痕依约到西厢。曾羡花枝拂短墙。初未识愁那得泪，每浑疑梦奈余香。　歌逢袅处眉先妩,酒半酣时眼更狂。闲倚绣帘吹柳絮,问人何似冶游郎。

下阕"歌袅""酒酣"二句描写欢场情景,但冶游郎方沉酣春色,而倚帘人娇眼暗窥,方笑其轻浮如柳絮,颇寓警世之意。

石州引

薄雨收寒,斜照弄晴,春意空阔。长亭柳色才黄,远客一枝先折。烟横水际,映带几点归鸿,东风消尽龙沙雪。还记出关来,恰而今时节。　将发。画楼芳酒,红泪清歌,顿成轻别。回首轻年,杳杳音尘都绝。欲知方寸,共有几许新愁,芭蕉不展丁香结。枉望断天涯,两恹恹风月。

方回眷一丽姝,别后姝寄诗云:"独倚回阑泪满襟。小园春色懒追寻。深恩纵似丁香结,难展芭蕉一寸心。"方回用所寄诗意成此调,亦云《柳色黄》云。"长亭"以下七句顿挫有致,观其"龙沙""出关"等句,当是北地胭脂。吴汉槎诗所谓"红粉空娇塞上春"也。

谒金门

花满院。飞去飞来双燕。红雨入帘寒不卷。晓屏山六扇。

翠袖玉笙凄断。脉脉两蛾愁浅。消息不知郎近远。一春长梦见。

前后阕分写情景,以高浑出之,不事雕饰,五代遗韵也。

忆秦娥

晓朦胧。前溪百鸟啼匆匆。啼匆匆。凌波人去,拜月楼空。　去年今日东门东。鲜妆辉映桃花红。桃花红。吹开吹落,一任东风。

上阕以远韵胜,下阕有"崔护桃花已隔年"之感。开落听诸东风,妙在不说尽,味在酸咸外矣。

忆仙姿

莲叶初生南浦。两岸绿杨飞絮。向晚鲤鱼风,断送彩帆何处。凝伫。凝伫。楼外一江烟雨。

表情处在叠用"凝伫"二字,传神处在"烟雨"句,离心无际,远在空濛江雨之中,小令固以融浑为佳。

小重山

花院深疑无路通。碧纱窗影下,玉芙蓉。当时偏恨五更钟。分携处,斜月小帘栊。　楚梦冷沉踪。一双金缕枕,半床空。画楼临水凤城东。楼前柳,憔悴几秋风。

此词由"窗下"而"分携",而"沉踪",层递写来,渐推渐远。结处秋柳城东,寄怀更远,觉情韵弥长也。

鹤冲天

鼕鼕鼓动,花外沉残漏。华月万枝灯,还清昼。广陌衣香度,飞盖影、相先后。个处频回首。锦坊西去,期约武陵溪口。

当时早恨欢难偶。何堪流浪远,分携久。小畹兰英在,轻付与、何人手。不似长亭柳。舞风眠雨,伴我一春消瘦。

此纪元夕灯火之盛。"华月""清昼"句有"不知有月空中行"之意。"衣香""飞盖"句有"暗尘随马"之意。下阕言兰英歌舞,今属谁边,转不如垂柳舞腰,尚肯伴沈郎瘦损,知灯火阑珊处,有愁人在也。

清平乐

阴晴未定。薄日烘云影。临水朱门花一径。渡口鸟啼人静。　恹恹几许春情。可怜老去兰成。看取镊残双鬓,不随芳草重生。

"临水"二句写景明丽而幽静。下阕凡咏芳草者,或言送别,或言怀人,原上池塘,尽多佳咏,此言衰鬓不如芳草,语新而意悲。

浣溪沙

湖上秋深藕叶黄。清霜消瘦损垂杨。洲觜嫩莎斜照暖,睡鸳鸯。　红粉莲娃何处在,西风不为管余香。今夜月明闻水调,断人肠。

上阕写景妍秀,下阕采莲人远,风散余香,转羡同梦鸳鸯,斜阳借暖,况水调凄清入听耶!上下阕结句情韵尤胜。

思越人

紫府东风放夜时。步莲秾李伴人归。五更钟动笙歌散,十里月明灯火稀。　香冉冉,梦依依。天涯寒尽减春衣。凤凰城阙知何处,寥落星河一雁飞。

前半言昔日之荣华,"月明"句殊清峭。后半言此时之寥落,结句有恋阙怀人之意。吴梅村诗"月斜宫阙雁还飞",所感略同。

浣溪沙

青翰舟中祓禊筵。粉娥窥影两神仙。酒阑飞去作飞烟。重访旧游人不见,雨荷风蓼夕阳天。折花临水思悠然。

下阕"雨荷"二句写景绝妙,且风韵悠然。

谒金门

杨花落。燕子横穿朱阁。常恨春醪如水薄。闲愁无处着。
绿野带江山络角。桃叶参差前约。历历短樯沙外泊。东风晚来恶。

《阳春白雪》录贺方回《谒金门》调原序曰:"李黄门梦得一曲,前遍二十言,后遍二十二言,而无其声。余采其前遍,润一'横'字。已续二十五字写之云。"此调上半为李作,下半为贺作。"春醪"二句与"短樯"二句工力悉敌。《花草粹编》录李之后遍曰:"去年今日王陵舍,鼓角秋风。千载辽东。回首人间万事空。"句调与贺词异也。

罗敷歌

自怜楚客悲秋思,手写丝桐。目断书鸿。平淡江山落照中。谁家水调声声怨,黄叶西风。罨画桥东。十二玉楼空复空。

《东山词》诸家谱录,并云三卷,汲古阁本合百六十九首为一卷。道光间王惠庵复由诸家选本中得四十首,为《补遗》一卷。今从《补遗》中选释得数首,即此首及以下所录也。此首"平淡江山"句宛有画意。"黄叶"三句空中传恨,正如转头句所谓"水调声声怨"也。

小重山

玉指金徽一再弹。新声传访戴,雪溪寒。两行墨妙破冰纨。牵情处,幽恨写毫端。　　昵语强羞难。相逢真许似,镜中鸾。小梅疏影近杯盘。东风里,谁共倚阑干。

前调

帘影新妆一破颜。玳筵回雪舞,小云鬟。琼杯擢秀望难攀。凝情处,千里望蓬山。　　歌断酒阑珊。画船箫鼓转,绿杨湾。坠钿残粉水堂关。斜阳里,双燕伴人闲。

《小重山》之"小梅"二句及次首之"歌断酒阑"六句写景中之人,词笔清丽。"斜阳"二句颇高浑,有五代遗意。

西江月

携手看花深院,扶肩待月斜廊。临分少伫已伥伥。此段不堪回想。　　欲寄书如天远,难消夜似年长。小窗风雨碎人肠。更在孤舟枕上。

"小窗"二句论句法固属凄婉,析言之,曰"风雨",曰"孤舟",曰"枕上",三折写来,更见客愁之重叠也。

诉衷情

不堪回首卧云乡。羁宦负清狂。年来镜湖风月,鱼鸟两相忘。　秦塞险,楚山苍。更斜阳。画桥流水,曾见扁舟,几度刘郎。

前调

半消檀粉睡痕新。背镜照樱唇。临风再歌团扇,深意属何人。　轻调笑,浅凝颦。认情亲。最难堪酒,似不胜情,依样伤春。

以上二首,其经意处皆在下阕。前首"秦塞""楚山",旧游前梦,都付斜阳,即眼前之流水扁舟,已换却刘郎几度,人事悠悠,共尺波电谢矣。次首"最难堪酒"三句写"愁罗恨绮"之怀,若柔丝之漾于空际也。

怨春风

玉津春水如蓝。官柳毵毵。桥上东风侧帽檐。记佳节、约是重三。　飞楼十二珠帘。恨不贮、当年采蟾。对梦雨廉纤。愁随芳草,绿遍江南。

醉春风

楼外屏山秀。凭阑新梦后。归云何许误心期,候候候。到陇梅花,渡江桃叶,断魂招手。　楚楚汗衫旧。啼痕曾枕袖。东阳咏罢不胜情,瘦瘦瘦。隋岸伤离,渭城恨远,一枝烟柳。

上首《怨春风》调"梦雨"三句不落言诠,词学至此,若参禅者已悟到空虚之境。次首《醉春风》调梅花赠远,桃叶迎春,本是情之所寄,而久候无踪,剩有断魂招手,情辞凄绝。下阕叠用三"瘦"字,而托诸灞岸渭城之柳,词境诚高,词心良苦矣。

踏莎行

霜叶栖萤,风枝袅鹊。水堂雏燕搴珠箔。一声横玉吹流云,厌厌凉月西南落。　　江际吴边,山侵楚角。兰桡明夜芳洲泊。殷勤留与采香人,清尊不负黄花约。

夜凉月落,横笛吹云,极写幽悄之境。下阕言吴头楚角,兰楫采香,与其《望湘人》词之湘天风月,青翰移舟,寄怀相似,皆有湘灵楚艳之思。此调因下阕之第三句,亦名《芳洲泊》。

前调

鸦轧轻桡,鼕鼚叠鼓。浮槎晚下金牛渚。莫愁应自有愁时,篷窗今夜潇潇雨。　　杜若芳洲,芙蓉别浦。依依艳笑逢迎处。随潮风向石城来,潮回好替人传语。

此调共三首,次首纪倚棹听歌,结有"兰情似怨临行促""殷勤更唱江南曲"句,故此首有"莫愁""石城"

语,用江南曲本意也。笑语芳洲,依依宛在,而传语者只仗回潮,篷窗听雨,能不黯然。诵"莫愁"句正如王阮亭诗"年来愁与春潮满,不信湖名尚莫愁"也。

僧仲殊 一首

柳梢青 吴中

岸草平沙。吴王故苑，柳袅烟斜。雨后寒轻，风前香软，春在梨花。　　行人一棹天涯。酒醒处、残阳乱鸦。门外秋千，墙头红粉，深院谁家。

"雨后"三句及"秋千"三句，景与人分写，俱清丽为邻。而观其"残阳乱鸦"句，寄情在一片苍凉之境，知丽景秾春，固不值高僧一笑也。

周邦彦 六十五首

瑞鹤仙 高平

悄郊原带郭。行路永、客去车尘漠漠。斜阳映山落。敛余红犹恋,孤城阑角。凌波步弱。过短亭、何用素约。有流莺劝我,重解绣鞍,缓引春酌。　　不记归时早暮,上马谁扶,醒眠朱阁。惊飙动幕。扶残醉,绕红药。叹西园已是,花深无地,东风何事又恶。任流光过却,犹喜洞天自乐。

  前四句写郊行风景,"余红"句兼含情韵,与周草窗词"一片斜阳恋柳"并推佳咏。"凌波"至"春酌"数语,论词面不过言途逢旧眷,小饮留连,须于句秀而笔劲处着眼。转头处承上"春酌"句,回忆醉时,颇得神态。以下扶醉惜花,更多余感。结句开拓,不落恒蹊。夏闰庵云："此阕与《兰陵王》《浪涛沙》《大酺》《六丑》诸作，人巧至而天机随，词中之圣。与史迁之文，杜陵之诗，同为古今绝作，无与抗手者。"

兰陵王　越调　柳

柳阴直。烟里丝丝弄碧。隋堤上、曾见几番，拂水飘绵送行色。登临望故国。谁识。京华倦客。长亭路、年去岁来，应折柔条过千尺。　闲寻旧踪迹。又酒趁哀弦，灯照离席。梨花榆火催寒食。愁一箭风快，半篙波暖，回头迢递便数驿。望人在天北。　凄恻。恨堆积。渐别浦萦回，津堠岑寂。斜阳冉冉春无极。念月榭携手，露桥闻笛。沉思前事，似梦里，泪暗滴。

上阕但赋"柳"字，而有清刚之气。中阕之"梨花"句、下阕之"斜阳"句，闰庵云："有此二语顿挫之力，以下便一气奔赴。"余亦谓然。无此二语，则中阕于别后，即言行舟迅发；下阕在客途，即言回首前欢，便少纡徐之致。赖此顿挫，非特涵养局势，且句中风韵悠然，名作也。

浪涛沙　商调

昼阴重、霜凋岸草,雾隐城堞。南陌脂车待发。东门帐饮乍阕。正拂面、垂杨堪揽结。掩红泪、玉手亲折。念汉浦离鸿去何许,经时信音绝。　　情切。望中地远天阔。向露冷风清无人处,耿耿寒漏咽。嗟万事难忘,惟是轻别。翠尊未竭。凭断云、留取西楼残月。罗带光销纹衾叠。连环解、旧香顿歇。怨歌永、琼壶敲尽缺。恨春去、不与人期,弄夜色,空余满地梨花雪。

上阕"垂杨"句以下数语,临歧与别后次第写出,其胜处在音节之脆,腕力之劲。下阕以"难忘""轻别"四字引起下文。"翠尊"至"敲壶"数语,分六七层写来,但见其宛转而凄艳,而不觉其藻饰堆叠。闰庵亦云:"此七八句全是直写正面,再接再厉,急管繁弦,声声入破矣。"结处梨花如雪,在空际写怨,而先以"恨春去"句动荡之。末二句用倒装法,不着一平率之笔也。

大酺　越调　春雨

对宿烟收,春禽静,飞雨时鸣高屋。墙头青玉旆,洗铅霜都尽,嫩梢相触。润逼琴丝,寒侵枕障,虫网吹黏帘竹。邮亭无人处,听檐声不断,困眠初熟。奈愁极顿惊,梦轻难记,自怜幽独。　行人归意速。最先念、流潦妨车毂。怎奈向、兰成憔悴,卫玠清羸,等闲时、易伤心目。未怪平阳客,双泪落、笛中哀曲。况萧索、青芜国。红糁铺地,门外荆桃如菽。夜游共谁秉烛。

起笔言"烟收""禽静",以下"琴丝"三句,从旁面景物着想,为"春雨"传神。"愁极""梦轻"三句从听雨者着想,皆不落滞相。转头处恐"流潦妨车",别开意境,兼寓思归之意。"憔悴"三句用垫笔,为下文作势。"哀曲"句下复用"况"字以振起之,更见力量。结处不欲一泻无余,故"秉烛"句以含蓄出之。通首如公孙舞剑,极浑脱流利之观。史梅溪《春雨》词云"恐妨他佳约风流",与此结句意略同。

六丑 中吕 落花

正单衣试酒,恨客里、光阴虚掷。愿春暂留,春归如过翼。一去无迹。为问花何在,夜来风雨,葬楚宫倾国。钗钿堕处遗香泽。乱点桃蹊,轻翻柳陌,多情为谁追惜。但蜂媒蝶使,时叩窗槅。　　东园岑寂。渐蒙笼暗碧。静绕珍丛底、成叹息。长条故惹行客。似牵衣待话,别情无极。残英小、强簪巾帻。终不似、一朵钗头颤袅,向人欹侧。漂流处、莫趁潮汐。恐断鸿、尚有相思字,何由见得。

前五句言客里送春,"翼""迹"二韵力破余地,词家赋送春者,无此健笔。"楚宫"三句哀艳而有缥缈之思。以下言惜花无人,不如蜂蝶之尚有余恋。下阕言花落之后,但余暗碧。王荆公所谓"春风取花去,酬我以清阴",而在惜花者徒增太息耳。"长条"三句就花刺钩衣,以寓恋别,词为蔷薇花谢后作,故即事生情。"残英"四句承别情而言,因簪取残花,而绮思离愁一时齐赴,如小凤钗头之曾窥香颈。夏闰庵云:"是人是花,合而为一,变化无方。"结句言纵使花片随潮,相思留字,而长此漂流，无缘更见，一句一意，收来敏妙。闰庵云："白石之《暗香》《疏影》，似脱胎于此。"但彼之迹象未化，尚隔一尘也。

点绛唇　仙吕

孤馆迢迢，暮天草露沾衣润。夜来秋近。月晕通风信。今日原头，黄叶飞成阵。知人闷。故来相趁。共结临歧恨。

因送别之时，风吹黄叶，信手拈来，便成此解。可见随处景物，能手遇之，便能运用。词中下阕之意，以承接上阕为多。此词言昨宵风信，今见叶飞，其衔接尤为明显。

前调　仙吕　伤感

远鹤归来，故乡多少伤心地。寸书不寄。鱼浪空千里。凭仗桃根，说与凄凉意。愁无际。旧时衣袂。犹有东门泪。

起笔即包举感旧怀乡之意。既乡书不达，姑且诉向桃根；而回顾襟边，泪痕犹在，次句之伤心事，可于泪痕证之。唐、五代词承乐府之遗,以小令为多,北宋渐有长调,至清真而开合矫变,极长调之能事。而集中小令,亦秀雅而含风韵。小晏、屯田,无以过之。此词之"衣袂"两句,即其一也。

少年游 商调

并刀如水,吴盐胜雪,纤手破新橙。锦幄初温,兽烟不断,相对坐调笙。 低声问向谁行宿,城上已三更。马滑霜浓,不如休去,直是少人行。

此调凡四首,乃感旧之作。其下三首皆言别后,以此首最为擅胜。上阕橙香笙语,乃追写相见情事。下阕代纪留宾之言,情深而语俊,宜其别后回思,丁宁片语,为之咏叹长言也。皋文《词选》录此及《六丑》二调。余所录较多,且加以诠释。毛晋刻《清真集》,其评注庞杂者删之,余妄加评论,得无为汲古翁所笑耶?

浣溪沙　黄钟

不为萧娘旧约寒。何因容易别长安。预愁衣上粉痕干。
幽阁深沉灯焰喜，小垆邻近酒杯宽。为君门外脱归鞍。

词人多作伤离之语，此乃言相见之欢。上阕三句作三折，不使一平衍之笔。观结句甫在门外下马，则"幽阁"二句，因见报喜之灯花，预暖洗尘之酒盏，皆代绿窗中人着笔也。语云："欢娱之言难工，愁苦之音易好。"此词却工。

前调

翠葆参差竹径成。新荷跳雨碎珠倾。曲阑斜转小池亭。
风约帘衣归燕急，水摇扇影戏鱼惊。柳梢残日弄微晴。

通首皆写景，别是一格。字字矜炼，"归燕"二句宛似宋人诗集佳句，虽不涉人事，而景中之人，含有一种闲适之趣。"摇扇"句虽有人在，只是虚写。

前调

日射欹红蜡蒂香。风干微汗粉襟凉。碧绡对卷簟纹光。自剪柳枝明画阁，戏抛莲菂种横塘。长亭无事好思量。

此为闺中逭暑之作。先言室内，虽仅言粉襟纹簟，而丽影已绰约其间。后半言室外，剪柳抛莲，写出闲雅之致。结句以含蕴出之，尤耐寻抳。

前调

宝扇轻圆浅画缯。象床平稳细穿藤。飞蝇不到避壶冰。翠枕面凉偏益睡，玉箫手汗错成声。日长无力要人凭。

词意与前首相类，赋景物极妍丽之采，状闺情尽娇慵之态。《草堂诗余》选词，以春夏秋冬之景分隶之。此词洵夏令之绝妙好词也。

前调

日薄尘飞官路平。眼明喜见汴河倾。地遥人倦莫兼程。下马先寻题壁字,出门闲记榜村名。早收灯火梦倾城。

长途倦客,薄晚停车,土壁认欹斜之字,茅檐访村落之名,皆陆行旅客确有之情景。写景以真切为贵,此等词是也。结句匆匆旅宿,犹忆倾城,周郎其在邯郸道中向卢生借枕耶?

前调

雨过残红湿未飞。珠帘一桁透斜晖。游蜂酿蜜窃香归。金屋无人风竹乱,衣篝尽日水沉微。一春须有忆人时。

上阕写雨后春光明媚,风景宛然。下阕风篁成韵,香霭初残,凡静境撩人,最易幽怀怅触,有"风竹"二句蓄势,则昼静怀人之意,自注笔端矣。

前调

水涨鱼天拍柳桥。云鸠拖雨过江皋。一番春信入东郊。闲碾凤团消短梦,静看燕子垒新巢。又移日影上花梢。

金萧闲老人以"明秀"名其词集,此词足当"明秀"二字。起二句颇含画意,有晚唐诗境佳处。

前调

楼上晴天碧四垂。楼前芳草接天涯。劝君莫上最高梯。新笋已成堂下竹,落花都上燕巢泥。忍听林表杜鹃啼。

上阕有李白《菩萨蛮》词"有人楼上愁""玉阶空伫立"之意。下阕"新笋"二句写景即言情,有手挥目送之妙。芳序已过,而归期犹滞,忍更听鹃声耶!

周邦彦

玲珑四犯 大石

秾李夭桃,是旧日潘郎,亲试春艳。自别河阳,长负露房烟脸。憔悴鬓点吴霜,细念想、梦魂飞乱。叹画阑、玉砌都换。才始有缘重见。　夜深偷展香罗荐。暗窗前、醉眠葱蒨。浮花浪蕊都相识,谁更曾抬眼。休问旧色旧香,但认取芳心一点。又片时一阵,风雨恶,吹分散。

此调精湛处在"旧色""芳心"二句。已色衰香退,而芳心一点,历久不渝,句意并美,宜为后人传诵。通首皆本此意。"画阑""重见"二句,人事都非,而旧人相遇,更续前缘,彼浪蕊浮花,何足语此!下阕离合悲欢,转展曲尽。"浮花"句用垫笔有力。收句尤劲绝。

虞美人 正宫

廉纤小雨池塘遍。细点看萍面。一双燕子守朱门。比似寻常时候易黄昏。　宜城酒泛浮春絮。细作更阑语。相看羁思乱如云。又是一窗灯影两愁人。

此调凡六首，元巾箱本分隶于上、下卷及集外三卷。戈顺卿所选止二首。汲古阁刻《片玉词》，则六首并列之。此六首由将别而录别、而别后，细审词意，当是一事。汲古本于前后情事，排次不相连续，今为次第录释之。此当为第一首，在未别之时。上阕言同是黄昏时候，而在欲别者，只觉光阴迅逝。下阕言今宵虽双影灯前，以将有远行，离绪羁愁，已相继并集矣。

前调

灯前欲去仍留恋。肠断朱扉远。不须红雨洗香腮。待得蔷薇花谢便归来。　　舞腰歌板闲时按。一任旁人看。金炉应见旧残煤。莫遣恩情容易似寒灰。

此首纪临别之语也。既告以春暮归期，勿弹别泪；又言但毋忘我，不妨歌舞依然，以消闲寂，宛转写来，如听喁喁情话。取譬炉灰，意新而情挚。

前调

金闺平帖春云暖。昼漏花前短。玉颜酒解艳红消。一向捧心啼困不成娇。　　别来新翠迷行径。窗锁玲珑影。砑绫小字夜来封。斜倚曲阑凝睇数归鸿。

此首写别后之怀。"啼困""红消",想为郎之憔悴。亲封"小字",将报我以平安,乃从居者着想也。

前调

玉觞才掩朱弦悄。弹指壶天晓。回头犹认倚墙花。只向小桥南畔便天涯。　　银蟾依旧当窗满。顾影魂先断。凄风休飐半残灯。拟倩今宵归梦到云屏。

此首亦写别后之怀。小桥才过,怅咫尺即天涯;归梦飞来,愿残灯之留照。似水柔情,曲而能达,乃从行者寄思也。

前调

疏篱曲径田家小。云树开秋晓。天寒山色有无中。野外一声钟起送孤篷。　　添衣策马寻亭堠。愁抱惟宜酒。菰蒲睡鸭占陂塘。纵被行人惊散又成双。

此首纪客途之渐远也。偶见野塘双鸭,触绪怀人,与"微雨燕双飞"之词同感。

前调

淡云笼月松溪路。长记分携处。梦魂连夜绕松溪。此夜相逢恰似梦中时。　　海山陡觉风光好。莫惜金尊倒。柳花吹雪燕飞忙。生怕扁舟归去断人肠。

此首纪别后之出游也。偶旧地之重过,便怀分袂;喜清游之暂慰,翻恐独归。此与《蝶恋花》词皆录别缠绵之作。但彼则于一首中次第写之,此则分六首次第写之,情之所钟。正在君辈。

琐窗寒　越调

暗柳啼鸦，单衣伫立，小帘朱户。桐阴半亩，静锁一庭愁雨。洒空阶、夜阑未休，故人剪烛西窗语。似楚江暝宿，风灯零乱，少年羁旅。　　迟暮。嬉游处。正店舍无烟，禁城百五。旗亭唤酒，付与高阳俦侣。想东园、桃李自春，小唇秀靥今在否。到归时、定有残英，待客携尊俎。

词为寒食雨中作。闲淡写来，因雨而念故人，更念及湘楚旧游，苍凉寄感。"风灯"二句写出楚江夜泊风景。下阕因佳节而回忆当年，非特酒徒云散，即绛唇清唱，今在谁边？姑盼归期，冀堕欢重拾耳。上阕"故人剪烛"四句能情中带景，情味便厚，亦词家途径也。

南乡子　商调

晨色动妆楼。短烛荧荧悄未收。自在开帘风不定，飕飕。池面冰澌趁水流。　　早起怯梳头。欲绾云鬟又却休。不会沉吟思底事，凝眸。两点春山满镜愁。

集中《蝶恋花》及此调皆纪晓别,各擅风情。因上阕言征人晓发,寒威尚劲,故转头处言既悼寒,又兼惜别,致怯绾云鬟,代别后红闺着想,惟有凝眸不语,愁满镜中耳。袁简斋诗"一声江上红船橹,两角眉峰万点秋"、厉樊榭诗"将归预想迎门笑,欲别俄成满镜愁",皆与此词结句情味相似。

瑞龙吟 大石

章台路。还见褪粉梅梢,试华桃树。愔愔坊陌人家,定巢燕子,归来旧处。 黯凝伫。因念个人痴小,乍窥门户。侵晨浅约宫黄,障风映袖,盈盈笑语。 前度刘郎重到,访邻寻里,同时歌舞。惟有旧家秋娘,声价如故。吟笺赋笔,犹记燕台句。知谁伴、名园露饮,东城闲步。事与孤鸿去。探春尽是,伤离意绪。官柳低金缕。归骑晚、纤纤池塘飞雨。断肠院落,一帘风絮。

首段言人如巢燕归来,花事方酣,人家依旧。次段回忆此地初逢,笑语风姿,宛然在目。三段实赋访旧,歌姬舞侣，大半飘零，闻说秋娘尚在，如洛中柳枝娘，犹能忆诵玉溪诗句。而此日名园寥寂，伴饮无人，伤别伤春，惟有一鞭归去。帘栊风絮，独自徘徊，通篇宛转写来，情景两融。"孤鸿"句至结句，景中见情，妙在不说破，其味无尽。夏闰庵云："清真平写处，与屯田无异；至矫变处，自开境界。其择言之雅，造句之妙，非屯田所及也。"此调第一段、第二段属正平调，谓之双拽头。自"前度刘郎"以下，即犯大石调。至"归骑晚"以下四句，复入正平调。他本有从"声价如故"句分段者，非是。

齐天乐　正宫　秋思

绿芜凋尽台城路，殊乡又逢秋晚。暮雨生寒，鸣蛩劝织，深阁时闻裁剪。云窗静掩。叹重拂罗裀，顿疏花簟。尚有练囊，露萤清夜照书卷。　　荆江留滞最久，故人相望处，离思何限。渭水西风，长安乱叶，空忆诗情宛转。凭高眺远。正玉液新篘，蟹螯初荐。醉倒山翁，但愁斜照敛。

起二句笼罩一切。其下以淡雅出之，清愁一片，摇漾于毫端。"乱叶"三句极苍凉之思。"敛"字韵夕阳光最，动人留恋，又最易感人，词客每以之作结句。闰庵云："此系黄钟宫正调。宜于深稳之词，他人或作激楚语者，非合作也。"

渡江云　小石

晴岚低楚甸，暖回雁翼，阵势起平沙。骤惊春在眼，借问何时，委曲到山家。涂香晕色，盛粉饰、争作妍华。千万丝、陌头杨柳，渐渐可藏鸦。　　堪嗟。清江东注，画舸西流，指长安日下。愁宴阑、风翻旗尾，潮溅乌纱。今宵正对初弦月，傍水驿、深舣蒹葭。沉恨处，时时自剔灯花。

上阕言楚江作客，春光取次而来，皆平序景物。其写怀全在下阕，宴阑人散，送行者皆自崖而返，而扁舟孤客，泊苇荻荒滩，与冷月残灯相对，此词与柳屯田之"晓风残月"，皆善写客愁者。

应天长　商调

条风布暖，霏雾弄晴，池台遍满春色。正是夜堂无月，沉沉暗寒食。梁间燕，前社客。似笑我、闭门愁寂。乱花过、隔院芸香，满地狼藉。　　长记那回时，邂逅相逢，郊外驻油壁。又见汉宫传烛，飞烟五侯宅。青青草，迷路陌。强载酒、细寻前迹。市桥远，柳下人家，犹自相识。

写寒食寂寥情况，以"梁间燕""隔院香"衬托出之，不使一平笔。下阕强寻前迹，而紫陌人遥，虽门巷依依，不异蓬山远隔。辞意之清永，如嚼水精盐，无尘羹俗味也。

还京乐　大石

禁烟近，触处、浮香秀色相料理。正泥花时候，奈何客里，光阴虚费。望箭波无际，迎风漾日黄云委。任去远，中有万点相思清泪。　　到长淮底。过当时、楼下殷勤，为说春来，羁旅况味。堪嗟误约乖期，向天涯、自看桃李。想而今、应恨墨盈笺，愁妆照水。怎得青鸾翼，飞归教见憔悴。

此调上下阕自"箭波"句至结笔，一气贯注，言万点泪痕，逐流波至长淮尽处，更过当时楼下，想楼中人之念我，笔力如精铜作钩，曲而且劲。言情处则遥想妆楼中恨墨愁妆，相思无极，安知独客伤离，亦为伊憔悴，倘归飞有翼，方知两心相忆同深也。

扫地花　双调

晓阴翳日，正雾霭烟横，远迷平楚。暗黄万缕。听鸣禽按曲，小腰欲舞。细绕回堤，驻马河桥避雨。信流去。一叶怨题，今到何处。　春事能几许。任占地持杯，扫花寻路。泪珠溅俎。叹将愁度日，痛伤幽素。恨入金徽，见说文君更苦。黯凝伫。掩重关、遍城钟鼓。

"信流去"三句宕笔有远神。下阕"占地持杯"二句细腻而老当。"泪珠"以下五句，闰庵云"笔势一气挥洒"。"恨入金徽"二句透到对面，顿挫有力。

丹凤吟　越调

迤逦春光无赖，翠藻翻池，黄蜂游阁。朝来风暴，飞絮乱投帘幕。生憎暮景，倚墙临岸，杏靥天斜，榆钱轻薄。昼永惟思傍枕，睡起无聊，残照犹在亭角。　　况是别离气味，坐来但觉心绪恶。痛引浇愁酒，奈愁浓如酒，无计消铄。那堪昏暝，簌簌半檐花落。弄粉调朱柔素手，问何时重握。此时此意，生怕人道着。

> 起笔直揭"春光无赖"四字，以下八句将无赖意写得十分酣足，惟有无聊倚枕，以消永昼耳。上阕写景，下阕写情，而因恼人春色，益动离心，则景与情仍融成一片。转头以下五句笔转如环，更用"昏暝""花落"二句作回旋顿挫，以蓄笔势。且"昏暝"二字，回应上文之暮景残照，章法周密。结处仍意不说尽，全阕无一率懈之笔。

解连环　商调

怨怀无托。嗟情人断绝，信音辽邈。信妙手、能解连环，似风散雨收，雾轻云薄。燕子楼空，暗尘锁、一床弦索。想移根换叶，尽是旧时，手种红药。　　汀洲渐生杜若。料舟移岸曲，人在天角。漫记得、当日音书，把闲语闲言，待总烧却。水驿春回，望寄我、江南梅萼。拼今生、对花对酒，为伊泪落。

"燕子楼"二句语隽而意悲,"移根"三句倒装句法,倍觉其厚。下阕"漫记得"以下五句既烧却前书,又盼寄梅信,有"恩怨喁喁"之意。倘仍肯赠我梅花,当酬以泪点,长毋相忘也。

忆旧游 越调

记愁横浅黛,泪洗红铅,门掩秋宵。坠叶惊离思,听寒蛩夜泣,乱雨潇潇。凤钗半脱云鬓,窗影烛花摇。渐暗竹敲凉,疏萤照晚,两地魂消。　　迢迢。问音信,道径底花阴,时认鸣镳。也拟临朱户,叹因郎憔悴,羞见郎招。旧巢更有新燕,杨柳拂河桥。但满目京尘,东风竟日吹露桃。

先将窗外之秋声,闺中之愁态,细细写出,以"两地魂消"句彼此开合,遂与下阕衔接一气。"朱户"三句迨"为郎憔悴却羞郎",妙在不说尽。"拂柳""吹桃"等句,仍寄情于空际,弥觉蕴藉。"巢燕"句感光阴之易过耶?抑喻人事之更新耶?词境入空明之界矣。夏闰庵云:"上阕之结句,不可无此顿挫;下半阕一气带出,其得势在此。"

迎春乐　双调

清池小圃开云屋。结春伴、往来熟。忆年时、纵酒杯行速。看月上,归禽宿。　墙里修篁森似束。记名字、曾刊新绿。见说别来长,沿翠藓、封寒玉。

因题竹而怀人,情景皆真,清空一气。

一落索　双调

杜宇思归声苦。和春催去。倚阑一霎酒旗风,任扑面、桃花雨。　目断陇云江树。难逢尺素。落霞隐隐日平西,料想是、分携处。

"倚阑"二句写景俊逸,拟诸诗境,有"十里晓风吹不断,乱红飞雨过长亭"意境。"落霞"二句寄怀天末,离思与落霞、孤鹜齐飞矣。

满庭芳　中吕　夏日溧水无想山作

风老莺雏，雨肥梅子，午阴嘉树清圆。地卑山近，衣润费炉烟。人静乌鸢自乐，小桥外、新绿溅溅。凭阑久，黄芦苦竹，拟泛九江船。　年年。如社燕，飘流瀚海，来寄修椽。且莫思身外，长近樽前。憔悴江南倦客，不堪听、急管繁弦。歌筵畔，先安簟枕，容我醉时眠。

> 通首气脉之贯注，顿挫之蓄势，自是大家。下阕"身外""尊前"数语，不着闲愁，自成馨逸，尤为超妙。谭复堂拈出"地卑山近"二句，谓是五代人语，为词家度尽金针。夏闰庵云："换头处直贯篇终，有矫若游龙之势。"

少年游　黄钟

朝云漠漠散轻丝。楼阁淡春姿。柳泣花啼，九街泥重，门外燕飞迟。　而今丽日明金屋，春色在桃枝。不似当时，小楼冲雨，幽恨两人知。

此在荆州听雨怀旧之作。"不似当时"句,淡语也,而得力全在此句,使通篇筋骨俱动。

秋蕊香 双调

乳鸭池塘水暖。风紧柳花迎面。午妆粉指印窗眼。曲里长眉翠浅。　问知社日停针线。探新燕。宝钗落枕春梦远。帘影参差满院。

次句确是春暮絮飞风景。"宝钗"二句能状春闺昼静之神。近人唐树义诗"行近小窗知睡稳,湘帘如水不闻声",方斯词境。

法曲献仙音 大石

蝉咽凉柯,燕飞尘幕,漏阁签声时度。倦脱纶巾,困便湘竹,桐阴半侵朱户。向抱影,凝情处,时闻打窗雨。　耿无语。叹文园、近来多病,情绪懒、尊酒易成间阻。缥缈玉京人,想依然、京兆眉妩。翠幕深中,对徽容、空在纨素。待花前月下,见了不教归去。

前半将幽居景物闲闲写出，后始转入言情，纨素犹存，而玉京人远，在静境中易涉幽想。后阕虽寄怀宛转，而纯用疏朗之笔，绝无缋饰，见格调之高。

过秦楼　大石

水浴清蟾，叶喧凉吹，巷陌马声初断。闲依露井，笑扑流萤，惹破画罗轻扇。人静夜久凭阑，愁不归眠，立残更箭。叹年华一瞬，人今千里，梦沉书远。　　空见说、鬓怯琼梳，容消金镜，渐懒趁时匀染。梅风地溽，虹雨苔滋，一架舞红都变。谁信无聊为伊，才减江淹，情伤荀倩。但明河影下，还看稀星数点。

上半写情景，皆以闲淡之语出之。转头三句遥想闺愁，下语深细。"梅风"三句状梅雨光阴，尤新颖动目。且有此旋折，转入旅怀，局势便有开合。结句相望千里，共此明河，与少陵"依斗望京"，用意相似。

塞翁吟 大石

暗叶啼风雨,窗外晓色珑璁。散水麝,小池东。乱一岸芙蓉。蕲州簟展双纹浪,轻帐翠缕如空。梦远别,泪痕重。淡铅脸斜红。　　忡忡。嗟憔悴,新宽带结,羞艳冶、都消镜中。有蜀纸、堪凭寄恨,等今夜、洒血书词,剪烛亲封。菖蒲渐老,早晚成花,教见熏风。

夏闰庵云:"通首任笔直写,结语用宕笔,神味无穷。"

苏幕遮 般涉

燎沉香,消溽暑。鸟雀呼晴,侵晓窥檐语。叶上初阳干宿雨。水面清圆,一一风荷举。　　故乡遥,何日去。家住吴门,久作长安旅。五月渔郎相忆否。小楫轻舟,梦入芙蓉浦。

"叶上"三句笔力清挺,极体物浏亮之致。

宴清都　中吕

地僻无钟鼓。残灯灭、夜长人倦难度。寒吹断梗,风翻暗雪,洒窗填户。宾鸿漫说传书,算过尽、千俦万侣。始信得、庾信愁多,江淹恨极须赋。　　凄凉病损文园,徽弦乍拂,音韵先苦。淮山夜月,金城暮草,梦魂飞去。秋霜半入清镜,叹带眼、都移旧处。更久长、不见文君,归时认否。

> 通首情与景融成一片,合为凄异之音。此调当在浑灏流转处着眼。结句涉想悠然,怨入秋烟深处矣。

霜叶飞　大石

露迷衰草。疏星挂,凉蟾低下林表。素娥青女斗婵娟,正倍添凄悄。渐飒飒丹枫撼晓。横天云浪鱼鳞小。似故人相看,又透入、清辉半饷,特地留照。　　迢递望极关山,波穿千里,度日如岁难到。凤楼今夜听秋风,奈五更愁抱。想玉匣哀弦闭了。无心重理相思调。见皓月、牵离恨,屏掩孤颦,泪流多少。

前段以清利之笔写秋色,已足制胜。后段言情,"秋风""玉匣"四句凄清欲绝。虽上阕写景,下阕写情,而"清辉"与"皓月"句相映带,非情景前后判然,且句中复顿挫生姿。

花犯　小石　梅花

粉墙低,梅花照眼,依然旧风味。露痕轻缀。疑净洗铅华,无限佳丽。去年胜赏曾孤倚。冰盘同燕喜。更可惜,雪中高树,香篝熏素被。　　今年对花最匆匆,相逢似有恨,依依愁悴。吟望久,青苔上,旋看飞坠。相将见、脆丸荐酒,人正在、空江烟浪里。但梦想、一枝潇洒,黄昏斜照水。

宋词中咏"梅花"者,侔色揣称,各极其工。此词论题旨,在"旧风味"三字而以"去年""今年"分前、后段标明之。下阕自"吟望久"至结句,纯从空处落笔,非实赋梅花。闰庵云:"此数语极吞吐之妙。"

丁香结 商调

苍藓沿阶,冷萤黏屋,庭树望秋先陨。渐雨凄风迅。淡暮色、倍觉园林清润。汉姬纨扇在,重吟玩、弃掷未忍。登山临水,此恨自古,消磨不尽。　牵引。记试酒归时,映月同看雁阵。宝幄香缨,熏炉象尺,夜寒灯晕。谁念留滞故国,旧事劳方寸。唯丹青相伴,那更尘昏蠹损。

先写现时之景,而纨扇忍捐,已引起下文怀人之意。后半"试酒"以下五句,追写旧时之景,情态依依。结句凄韵绕梁,非特语有含蓄也。

氐州第一 商调

波落寒汀,村渡向晚,遥看数点帆小。乱叶翻鸦,惊风破雁,天角孤云缥缈。官柳萧疏,甚尚挂、微微残照。景物关情,川途换目,顿来催老。　渐解狂朋欢意少。奈犹被、思牵情绕。座上琴心,机中锦字,觉最萦怀抱。也知人、悬望久,蔷薇谢、归来一笑。欲梦高唐,未成眠、霜空已晓。

前八句状水天景物，"残照"二句为秋柳传神，而以"关情""换目"承上八句，则所见景色，皆有"物换星移"之感。自转头至结句，如明珠走盘，一丝萦曳。夏闰庵以"曲而婉"三字评之，殊当。

解蹀躞　商调

候馆丹枫吹尽，面旋随风舞。夜寒霜月飞来伴孤旅。还是独拥秋衾，梦余酒困都醒，满怀离苦。　甚情绪。深念凌波微步。幽房暗相遇。泪珠都作秋宵枕前雨。此恨音驿难通，待凭征雁归时，带将愁去。

词有放笔为直干而亦有趣致者，此词上阕之抒写旅怀是也。歇拍二句，闰庵云："音驿难通，而征雁翻能带去，似不可解。而中有至情，词中措语之妙也。"

解语花　高平　元宵

风销焰蜡，露浥烘炉，花市光相射。桂华流瓦。织云散，耿耿素娥欲下。衣裳淡雅。看楚女、纤腰一把。箫鼓喧，人影参差，满路飘香麝。　　因念都城放夜。望千门如昼，嬉笑游冶。钿车罗帕。相逢处，自有暗尘随马。年光是也。惟只见、旧情衰谢。清漏移，飞盖归来，从舞休歌罢。

词因"元宵"而抚今追昔，分前后段赋之，笔势流转，一往情深。张文潜序贺方回词，谓其"满心而发，肆口而成，虽欲已焉而不得者"。论者谓深得贺词之妙，余谓此词亦然。

水龙吟　越调　梨花

素肌应怯余寒，艳阳占立青芜地。樊川照日，灵关遮路，残红敛避。传火楼台，妒花风雨，长门深闭。亚帘栊半湿，一枝在手，偏勾引、黄昏泪。　　别有风前月底。布繁英、满园歌吹。朱铅退尽，潘妃却酒，昭君乍起。雪浪翻空，粉裳缟夜，不成春意。恨玉容不见，琼妃漫好，与何人比。

前五句实赋"梨花"，其下"传火"二句从侧面写，"雪浪"二句从正面写，非特词笔妍秀，且以"长门"句、"春意"句承之，更觉情味不尽。结句"比"字韵语新而情重，洵芳悱善怀者。

西河　大石　金陵

佳丽地。南朝盛事谁记。山围故国绕清江，髻鬟对起。怒涛寂寞打孤城，风樯遥度天际。　断崖树，犹倒倚。莫愁艇子曾系。空余旧迹郁苍苍，雾沉半垒。夜深月过女墙来，赏心东望淮水。　酒旗戏鼓甚处市。想依稀、王谢邻里。燕子不知何世。向寻常巷陌人家相对。如说兴亡斜阳里。

闰庵评此词前二段云："佳处在境界之高。若仅以点化唐人诗意论之，尚浅。"余谓第三段"燕子""斜阳"数语，在神韵之远，若仅以点化"王谢堂前"诗意论之，尚浅。

品令　商调　梅花

夜阑人静。月痕寄、梅梢疏影。帘外曲角阑干近。旧携手处，花发雾、寒成阵。　应是不禁愁与恨。纵相逢难问。黛眉曾把春衫印。后期无定，肠断香消尽。

闰庵评云:"此中有人,呼之欲出。"

玉楼春　仙吕　惆怅

玉琴虚下伤心泪。只有文君知曲意。帘烘楼迥月宜人,酒暖香融春有味。　萋萋芳草迷千里。惆怅王孙行未已。天涯回首一消魂,二十四桥歌舞地。

前半阕足当深、稳二字。

绮寮怨　中吕

上马人扶残醉,晓风吹未醒。映水曲、翠瓦朱檐,垂杨里、乍见津亭。当时曾题败壁,蛛丝罩、淡墨苔晕青。念去来、岁月如流,徘徊久、叹息愁思盈。　去去倦寻路程。江陵旧事,何曾再问杨琼。旧曲凄清。敛愁黛、与谁听。尊前故人如在,想念我、最关情。何须渭城。歌声未尽处、先泪零。

起二句工于发端,"败壁"二句凡昔年村店题墙,客子重过,自有一种征途怀旧之感,况蛛丝苔晕,极荒寒耶!下阕"旧曲"三句作一顿挫,以下如乘溜放舟,不须篙橹,其情词之幽咽,若清夜啼猿,令人不怡也。

拜星月慢　高平　秋思

夜色催更,清尘收露,小曲幽坊月暗。竹槛灯窗,识秋娘庭院。笑相遇,似觉琼枝玉树,暖日明霞光烂。水眄兰情,总平生稀见。　画图中、旧识春风面。谁知道、自到瑶台畔。眷恋雨润云温,苦惊风吹散。念荒寒、寄宿无人馆。重门闭、败壁秋虫叹。怎奈向、一缕相思,隔溪山不断。

起笔五句写景幽丽,仿佛见小姑居处。下阕"雨润云温"何等旖旎,"秋虫空馆"何等荒寒,两相写照,情孰能堪!人与寒蛩,同声叹息矣。

绕佛阁　大石　旅情

暗尘四敛,楼观迥出,高映孤馆。清漏将短。厌闻夜久签声动书幔。桂华又满。闲步露草,偏爱幽远。花气清婉。望中迤逦城阴度河岸。　倦客最萧索,醉倚斜桥穿柳线。还似汴堤虹梁横水面。看浪颭春灯,舟下如箭。此行重见。叹故友难逢,羁思空乱。两眉愁、向谁舒展。

"桂华"五句及下阕"浪颭"二句写景真切,语复俊逸,惟清真擅此,柳屯田差堪伯仲。后幅旧境重逢而故人不见,停雪落月,今古同慨也。

一寸金　小石

州夹苍崖,下枕江山是城郭。望海霞接日,红翻水面,晴风吹草,青摇山脚。波暖凫鹥作。沙痕退、夜潮正落。疏林外、一点炊烟,渡口参差正寥廓。　自叹劳生,经年何事,京华信飘泊。念渚蒲汀柳,空归闲梦,风轮雨楫,终孤前约。情景牵心眼,流连处、利名易薄。回头谢、冶叶倡条,便入渔钓乐。

胜处全在上阕,写江路景物如画,好语穿珠,无懈可击。但此等词宋贤尚有能手,未见清真本色也。

蝶恋花　商调

月皎惊乌栖不定。更漏将残，辘轳牵金井。唤起两眸清炯炯。泪花落枕红绵冷。　　执手霜风吹鬓影。去意徊徨，别语愁难听。楼上阑干横斗柄。露寒人远鸡相应。

此纪别之词。从将晓景物说起，而唤睡醒，而倚枕泣别，而临风执手，而临别依依，而行人远去，次第写出，情文相生，为自来录别者希有之作。结句七字神韵无穷，吟讽不厌，在五代词中，亦上乘也。

玉楼春　大石

桃溪不作从容住。秋藕绝来无续处。当时相候赤栏桥，今日独寻黄叶路。　　烟中列岫青无数。雁背斜阳红欲暮。人如风后入江云，情似雨余黏地絮。

此调凡四首，以此首为最。上下阕之后二句，寓情味于对偶句中，"江云""雨絮"，取譬尤隽。

夜飞鹊 道宫 别情

河桥送人处,凉夜何其。斜月远堕余辉。铜盘烛泪已流尽,霏霏凉露沾衣。相将散离会,探风前津鼓,树杪参旗。华骢会意,纵扬鞭、亦自行迟。　　迢递路回清野,人语渐无闻,空带愁归。何意重红满地,遗钿不见,斜径都迷。兔葵燕麦,向残阳、欲与人齐。但徘徊班草,欷歔酹酒,极望天西。

"津鼓"二句写别时风景清峭,"华骢"二句善状离情。下阕言别后独归,"重红"五句在景中写情,方见深厚,为后人度尽金针。

芳草渡 双调 别恨

昨夜里,又再宿桃源,醉邀仙侣。听碧窗风快,珠帘半卷疏雨。多少离恨苦。方留连啼诉。凤帐晓,又是匆匆,独自归去。　　愁睹。满怀泪粉,瘦马冲泥寻去路。漫回首、烟迷望眼,依稀见朱户。似痴似醉,暗恼损、凭阑情绪。淡暮色,看尽栖鸦乱舞。

前半纪别而已。转头以下写别时情味,能宛转达意,其制胜尤在结末二句。闰庵云:"无此二句,则此词无可生色矣。"

蓦山溪　大石

楼前疏柳,柳外无穷路。翠色四天垂,数峰青、高城阔处。江湖病眼,偏向此山明,愁无语。空凝伫。两两昏鸦去。　平康巷陌,往事如花雨。十载却归来,倦追寻、酒旗戏鼓。今宵幸有,人似月婵娟。霞袖举。杯深注。一曲黄金缕。

下阕之叙事,不及上阕之寓情于景,江山城阙,极目飞鸦,托思在云天苍莽处。刘肃序《清真集》曰:"辞不轻措,辞之工也。阅辞必详其所措。"此词擅胜在上阕,即其措意处,阅词者可以类推。

南乡子　商调　咏秋夜

户外井桐飘。淡月疏星共寂寥。恐怕霜寒初索被,中宵。已觉秋声引雁高。　罗带束纤腰。自剪灯花试采毫。收起一封江北信,明朝。为问江头早晚潮。

纯以风韵胜,情味抱抱弥永。

月下笛　越调

小雨收尘,凉蟾莹彻,水光浮壁。谁知怨抑。静倚官桥吹笛。映宫墙、风叶乱飞,品高调侧人未识。想开元旧谱,柯亭遗韵,尽传胸臆。　阑干四绕,听折柳徘徊,数声终拍。寒灯陋馆,最感平阳孤客。夜沉沉、雁啼正哀,片云尽卷清漏滴。黯凝魂,但觉龙吟万壑天籁息。

上阕赋笛,其辞高以洁;下阕赋闻笛,其思深而悲,结句有绕梁三日意,吹笛者当是能手。周郎亦善顾曲者,得此佳词,不数赵倚楼矣。美成集传世者,以汲古毛氏《片玉词》为最著。光绪间,王鹏运得明钞元本,编次体例,与《片玉词》异;又见元刻陈元龙注本,据以校订,于二卷外,见于毛刻者,为《集外词》一卷。惟卷中佳构,不若前二集之多。兹录其《蓦山溪》以下三调。而《南乡子》《月下笛》二调,尤为擅胜也。

司马槱 一首

蝶恋花

妾本钱塘江上住。花落花开,不管流年度。燕子衔将春色去。纱窗几阵黄梅雨。　斜插犀梳云半吐。檀板轻敲,唱彻黄金缕。望断行云无觅处。梦回明月生南浦。

词因梦中见一女子所歌,为足成之。上阕写残春风景,下阕写凉夜情怀,皆代女子着想。琢句工妍,传情凄婉。欧阳永叔有《玉楼春》词咏妓馆云:"强将离恨倚江楼,江水不能流恨去。"《草堂诗余》录司马此词,谓其祖六一翁词意。

秦湛 一首

谒金门

鸳鸯浦。春涨一江花雨。隔岸数声初过橹。晚风生碧树。

舟子相呼相语。载取暮愁归去。寒食江村芳草路。愁来无着处。

"隔岸"二句写水乡风物,有闲远之致。结句虽言"愁无着处",而其上句"寒食"七字,即其愁来之处。盖以寒食之芳时,江村之行客,芳草之感人,凡思乡、怀友、伤春、羁泊之情,一时并集,触景纷来,转觉愁无着处。平子工愁,不是过也。

王安中 二首

蝶恋花　桃花

秾艳夭桃春信漏。弄粉飘香,枫叶飞丹后。酒入冰肌红欲透。无言不许群芳斗。　　楼外何人揎翠袖。翦落金刀,插处浓云覆。肯与刘郎仙去否。武陵曲路相思瘦。

安阳好

安阳好,曲水似山阴。咽咽清泉岩溜细,弯弯碧甃篆痕深。永昼坐披襟。　　红袖小,歌扇画泥金。鸭绿波随双叶转,鹅黄酒到十分斟。重听绕梁音。

初寮长于制诰,李汉老叹为徽宗时第一人。周益公称其诗文"似坡公暮年之作"。又云:"黄、张、秦、晁既殁,……莫出公右。"有《初寮词》一卷,仅四十余调。其中《安阳好》六调、咏花六调,为当时所称,今各选其一调云。

叶梦得 四首

贺新郎

睡起流莺语。掩苍苔、房栊向晓,乱红无数。吹尽残花无人见,惟有垂杨自舞。渐暖霭、初回轻暑。宝扇重寻明月影,暗尘侵、上有乘鸾女。惊旧恨,镇如许。　　江南梦断蘅皋渚。浪黏天、蒲萄涨绿,半空烟雨。无限楼前沧波意,谁采蘋花寄取。但怅望、兰舟容与。万里云帆何时到,送孤鸿、目断千山阻。谁为我,唱金缕。

"残花"二句喻无限离怀,只堪独喻。下阕"楼前"五句写临江望远之神,寄情绵远,笔复空灵。词有以真气为尚者,如明镜中不着尘沙一点也。

念奴娇

中秋宴客,有怀壬午岁吴江长桥。

洞庭波冷,望冰轮初转,苍海沉沉。万顷孤光云阵卷,长笛吹破层阴。汹涌三江,银涛无际,遥带五湖深。酒阑歌罢,至今罿怒龙吟。　回首江海平生,飘零容易散,佳会难寻。缥缈高城风露爽,独倚危槛重临。醉倒清尊,嫦娥应笑,犹有向来心。广寒宫殿,为余聊借琼林。

胜游佳伴,人生能有几回?明知佳会难寻,而事后追思,尚有余恋,此词能曲曲道出。"犹有向来心",宜为嫦娥所笑也。结句更托想在琼楼玉宇,心为形役,但有神游,如庄子之以神为马,则天空海阔,任我翱翔耳。此调在宋人词中,多用仄韵。《石林词》一卷中,《念奴娇》凡三调,用平韵者二调。

水调歌头

九月望日，与客习射西园，余病不能射。

霜降碧天静，秋事促西风。寒声隐地初听，中夜入梧桐。起瞰高城回望，寥落关河千里，一醉与君同。叠鼓闹清晓，飞骑引雕弓。　岁将晚，客争笑，问衰翁。平生豪气安在，走马为谁雄。何似当筵虎士，挥手弦声响处，双雁落遥空。老矣真堪愧，回首望云中。

石林居士著书百卷，藏书万卷，其词与苏、柳并传，不作柔殢妇人语。此词上阕起、结句咸有峭劲之致。下阕清气往来，十句如一句写出，自谓豪气安在，其实字里行间，仍是百尺楼头气概也。

念奴娇

云峰横起，障吴关三面，真成尤物。倒卷回潮目尽处，秋水黏天无壁。绿鬓人归，如今虽在，空有千茎雪。追寻如梦，漫余诗句犹杰。　闻道尊酒登临，孙郎终古恨，长歌时发。万里云屯瓜步晚,落日旌旗明灭。鼓吹风高,画船遥想。一笑吞穷发。当时曾照,更谁重问山月。

起句写江上所见,从云峰着想,笔势亦如云峰突兀。"回潮"二句波长天阔,思接浑茫。"绿鬓"数句观河面皱,虽属恒情,而笔殊俊爽。下阕追慨孙郎,"落日""云屯"二句英词壮采,颇似东坡。此调本和东坡韵也。

汪藻 一首

点绛唇

新月娟娟,夜寒江静山衔斗。起来搔首。梅影横窗瘦。
好个霜天,闲却传杯手。君知否。乱鸦啼后。归思浓如酒。

　　彦章出守泉州,移知宣城,内不自得,乃作此词。或问彦章词中"乱鸦"句命意所在,答曰:"奈此群小何!"《能改斋漫录》云:"有改'乱鸦'为'晚鸦','归思'为'归梦'者,全乖本旨矣。"

曹组 一首

蓦山溪

洗妆真态,不假铅华饰。竹外一枝斜,想佳人、天寒日暮。黄昏院落,无处着清香,风细细,雪垂垂,何况江头路。

月边疏影,梦到消魂处。结子欲黄时,又须作、廉纤细雨。孤芳一世,供断有情愁,消瘦损,东阳也,试问花知否。

咏梅之诗词夥矣。此调佳处,在不用傅色揣称及譬喻衬托,而纯在空处提笔描写,梅花品格之清高与赏梅者情怀之伊郁,于上下阕后数句见之。结句沈腰瘦尽,惟有花知,而故以问花作结,具见词笔之生动。

蒋元龙 一首

好事近

叶暗乳鸦啼,风定老红犹落。胡蝶不随春去,入熏风池阁。　休歌金缕劝金卮,酒病煞如昨。帘卷日长人静,任杨花飘泊。

当春尽花飞,依然病酒,而绝不作伤春语,如诵渊明诗,气静神恬,令人意远。

程过 一首

满江红 梅

春欲来时,长是与、江梅有约。还又向、竹林疏处,一枝开却。对酒渐惊身老大,看花应念人离索。但十分、沉醉祝东君,长如昨。　　芳草渡,孤舟泊。山敛黛,天垂幕。黯消魂无奈,暮云残角。便好折来和雪戴,莫教酒醒随风落。待殷勤、留此寄相思,谁堪托。

宋名家词咏梅之作,每情景兼写,此词自"对酒"句以下,感怀之意,多于咏梅。下阕"暮云残角"句以下,人与梅合写,低回咏叹,格调清逸。

房舜卿 一首

秦楼月

与君别。相思一夜梅花发。梅花发。凄凉南浦,断桥斜月。　盈盈微步凌波袜。东风笑倚天涯阔。天涯阔。一声羌管,暮云愁绝。

因梅花而怨别。"断桥"与"凌波"句临水看花,乃上下阕联络处。"羌管"句以落梅曲承上梅花,兼含离思。

李玉 一首

贺新郎 春情

篆缕消金鼎。醉沉沉、庭阴转午，画堂人静。芳草王孙知何处，惟有杨花糁径。渐玉枕、腾腾春醒。帘外残红春已透，镇无聊、殢酒厌厌病。云鬓乱，未忺整。　江南旧事休重省。遍天涯、寻消问息，断鸿难倩。月满西楼凭阑久，依旧归期未定。又只恐、瓶沉金井。嘶骑不来银烛暗，枉教人、立尽梧桐影。谁伴我，对鸾镜。

　　上阕咏中，酒凡三见。后幅"嘶骑"四句善写离怀，盖醉后怀人，托诸绮思也。李玉词极少见，黄玉林云："风流蕴藉，尽此篇矣。"

杨无咎 一首

齐天乐 和周美成韵

后堂芳树阴阴见。疏蝉又还催晚。燕守朱门，萤黏翠幕，纹蜡啼红慵剪。纱帏半卷。记云弹瑶山，粉融珍簟。睡起援毫，戏题新句漫盈卷。　　睽离鳞雁顿阻，似闻频念我，愁绪无限。瑞鸭香消，铜壶漏永，谁惜无眠展转。蓬山恨远。想月好风清，酒登琴荐。一曲高歌，为谁眉黛敛。

> 画梅始于五代，皆着色而俪以禽鸟。至逃禅翁，始以水墨作花，遂雅逸出群，世称江西墨梅，至今片纸兼金，为画苑秘宝。遗词一卷，选家多未登录。此词和清真意境略似，其绵丽工炼，则颇似梦窗。思陵闻其名，欲见之，竟不可得，其品节甚高也。

国家新闻出版广电总局
首届向全国推荐中华优秀传统文化普及图书

大家小书书目

国学救亡讲演录	章太炎 著 蒙木 编
门外文谈	鲁迅 著
经典常谈	朱自清 著
语言与文化	罗常培 著
习坎庸言校正	罗庸 著 杜志勇 校注
鸭池十讲(增订本)	罗庸 著 杜志勇 编订
古代汉语常识	王力 著
国学概论新编	谭正璧 编著
文言尺牍入门	谭正璧 著
日用交谊尺牍	谭正璧 著
敦煌学概论	姜亮夫 著
训诂简论	陆宗达 著
金石丛话	施蛰存 著
常识	周有光 著 叶芳 编
文言津逮	张中行 著
经学常谈	屈守元 著
国学讲演录	程应镠 著
英语学习	李赋宁 著
中国字典史略	刘叶秋 著
语文修养	刘叶秋 著
笔祸史谈丛	黄裳 著
古典目录学浅说	来新夏 著
闲谈写对联	白化文 著
汉字知识	郭锡良 著
怎样使用标点符号(增订本)	苏培成 著
汉字构型学讲座	王宁 著

诗境浅说	俞陛云 著	
唐五代词境浅说	俞陛云 著	
北宋词境浅说	俞陛云 著	
南宋词境浅说	俞陛云 著	
人间词话新注	王国维 著	滕咸惠 校注
苏辛词说	顾 随 著	陈 均 校
诗论	朱光潜 著	
唐五代两宋词史稿	郑振铎 著	
唐诗杂论	闻一多 著	
诗词格律概要	王 力 著	
唐宋词欣赏	夏承焘 著	
槐屋古诗说	俞平伯 著	
词学十讲	龙榆生 著	
词曲概论	龙榆生 著	
唐宋词格律	龙榆生 著	
楚辞讲录	姜亮夫 著	
读词偶记	詹安泰 著	
中国古典诗歌讲稿	浦江清 著	
	浦汉明 彭书麟 整理	
唐人绝句启蒙	李霁野 著	
唐宋词启蒙	李霁野 著	
唐诗研究	胡云翼 著	
风诗心赏	萧涤非 著 萧光乾 萧海川 编	
人民诗人杜甫	萧涤非 著 萧光乾 萧海川 编	
唐宋词概说	吴世昌 著	
宋词赏析	沈祖棻 著	
唐人七绝诗浅释	沈祖棻 著	
道教徒的诗人李白及其痛苦	李长之 著	
英美现代诗谈	王佐良 著	董伯韬 编
闲坐说诗经	金性尧 著	
陶渊明批评	萧望卿 著	

古典诗文述略	吴小如 著
诗的魅力	
——郑敏谈外国诗歌	郑 敏 著
新诗与传统	郑 敏 著
一诗一世界	邵燕祥 著
舒芜说诗	舒 芜 著
名篇词例选说	叶嘉莹 著
汉魏六朝诗简说	王运熙 著 董伯韬 编
唐诗纵横谈	周勋初 著
楚辞讲座	汤炳正 著
	汤序波 汤文瑞 整理
好诗不厌百回读	袁行霈 著
山水有清音	
——古代山水田园诗鉴要	葛晓音 著
红楼梦考证	胡 适 著
《水浒传》考证	胡 适 著
《水浒传》与中国社会	萨孟武 著
《西游记》与中国古代政治	萨孟武 著
《红楼梦》与中国旧家庭	萨孟武 著
《金瓶梅》人物	孟 超 著 张光宇 绘
水泊梁山英雄谱	孟 超 著 张光宇 绘
水浒五论	聂绀弩 著
《三国演义》试论	董每戡 著
《红楼梦》的艺术生命	吴组缃 著 刘勇强 编
《红楼梦》探源	吴世昌 著
《西游记》漫话	林 庚 著
史诗《红楼梦》	何其芳 著
	王叔晖 图 蒙 木 编
细说红楼	周绍良 著
红楼小讲	周汝昌 著 周伦玲 整理

曹雪芹的故事	周汝昌 著	周伦玲 整理
古典小说漫稿	吴小如 著	
三生石上旧精魂		
——中国古代小说与宗教	白化文 著	
《金瓶梅》十二讲	宁宗一 著	
中国古典小说十五讲	宁宗一 著	
古体小说论要	程毅中 著	
近体小说论要	程毅中 著	
《聊斋志异》面面观	马振方 著	
《儒林外史》简说	何满子 著	
我的杂学	周作人 著	张丽华 编
写作常谈	叶圣陶 著	
中国骈文概论	瞿兑之 著	
谈修养	朱光潜 著	
给青年的十二封信	朱光潜 著	
论雅俗共赏	朱自清 著	
文学概论讲义	老 舍 著	
中国文学史导论	罗 庸 著	杜志勇 辑校
给少男少女	李霁野 著	
古典文学略述	王季思 著	王兆凯 编
古典戏曲略说	王季思 著	王兆凯 编
鲁迅批判	李长之 著	
唐代进士行卷与文学	程千帆 著	
说八股	启 功 张中行	金克木 著
译余偶拾	杨宪益 著	
文学漫识	杨宪益 著	
三国谈心录	金性尧 著	
夜阑话韩柳	金性尧 著	
漫谈西方文学	李赋宁 著	
历代笔记概述	刘叶秋 著	

周作人概观	舒芜 著
古代文学入门	王运熙 著 董伯韬 编
有琴一张	资中筠 著
中国文化与世界文化	乐黛云 著
新文学小讲	严家炎 著
回归，还是出发	高尔泰 著
文学的阅读	洪子诚 著
中国文学1949—1989	洪子诚 著
鲁迅作品细读	钱理群 著
中国戏曲	么书仪 著
元曲十题	么书仪 著
唐宋八大家 ——古代散文的典范	葛晓音 选译
辛亥革命亲历记	吴玉章 著
中国历史讲话	熊十力 著
中国史学入门	顾颉刚 著 何启君 整理
秦汉的方士与儒生	顾颉刚 著
三国史话	吕思勉 著
史学要论	李大钊 著
中国近代史	蒋廷黻 著
民族与古代中国史	傅斯年 著
五谷史话	万国鼎 著 徐定懿 编
民族文话	郑振铎 著
史料与史学	翦伯赞 著
秦汉史九讲	翦伯赞 著
唐代社会概略	黄现璠 著
清史简述	郑天挺 著
两汉社会生活概述	谢国桢 著
中国文化与中国的兵	雷海宗 著
元史讲座	韩儒林 著

魏晋南北朝史稿	贺昌群	著
汉唐精神	贺昌群	著
海上丝路与文化交流	常任侠	著
中国史纲	张荫麟	著
两宋史纲	张荫麟	著
北宋政治改革家王安石	邓广铭	著
从紫禁城到故宫 ——营建、艺术、史事	单士元	著
春秋史	童书业	著
明史简述	吴 晗	著
朱元璋传	吴 晗	著
明朝开国史	吴 晗	著
旧史新谈	吴 晗 著 习 之	编
史学遗产六讲	白寿彝	著
先秦思想讲话	杨向奎	著
司马迁之人格与风格	李长之	著
历史人物	郭沫若	著
屈原研究（增订本）	郭沫若	著
考古寻根记	苏秉琦	著
舆地勾稽六十年	谭其骧	著
魏晋南北朝隋唐史	唐长孺	著
秦汉史略	何兹全	著
魏晋南北朝史略	何兹全	著
司马迁	季镇淮	著
唐王朝的崛起与兴盛	汪 篯	著
南北朝史话	程应镠	著
二千年间	胡 绳	著
论三国人物	方诗铭	著
辽代史话	陈 述	著
考古发现与中西文化交流	宿 白	著
清史三百年	戴 逸	著

清史寻踪	戴逸 著
走出中国近代史	章开沅 著
中国古代政治文明讲略	张传玺 著
艺术、神话与祭祀	张光直 著
	刘静 乌鲁木加甫 译
中国古代衣食住行	许嘉璐 著
辽夏金元小史	邱树森 著
中国古代史学十讲	瞿林东 著
历代官制概述	瞿宣颖 著
宾虹论画	黄宾虹 著
中国绘画史	陈师曾 著
和青年朋友谈书法	沈尹默 著
中国画法研究	吕凤子 著
桥梁史话	茅以升 著
中国戏剧史讲座	周贻白 著
中国戏剧简史	董每戡 著
西洋戏剧简史	董每戡 著
俞平伯说昆曲	俞平伯 著 陈均 编
新建筑与流派	童寯 著
论园	童寯 著
拙匠随笔	梁思成 著 林洙 编
中国建筑艺术	梁思成 著 林洙 编
沈从文讲文物	沈从文 著 王风 编
中国画的艺术	徐悲鸿 著 马小起 编
中国绘画史纲	傅抱石 著
龙坡谈艺	台静农 著
中国舞蹈史话	常任侠 著
中国美术史谈	常任侠 著
说书与戏曲	金受申 著
世界美术名作二十讲	傅雷 著

中国画论体系及其批评	李长之 著	
金石书画漫谈	启　功 著	赵仁珪 编
吞山怀谷		
——中国山水园林艺术	汪菊渊 著	
故宫探微	朱家溍 著	
中国古代音乐与舞蹈	阴法鲁 著	刘玉才 编
梓翁说园	陈从周 著	
旧戏新谈	黄　裳 著	
民间年画十讲	王树村 著	姜彦文 编
民间美术与民俗	王树村 著	姜彦文 编
长城史话	罗哲文 著	
天工人巧		
——中国古园林六讲	罗哲文 著	
现代建筑奠基人	罗小未 著	
世界桥梁趣谈	唐寰澄 著	
如何欣赏一座桥	唐寰澄 著	
桥梁的故事	唐寰澄 著	
园林的意境	周维权 著	
万方安和		
——皇家园林的故事	周维权 著	
乡土漫谈	陈志华 著	
现代建筑的故事	吴焕加 著	
中国古代建筑概说	傅熹年 著	
简易哲学纲要	蔡元培 著	
大学教育	蔡元培 著	
	北大元培学院 编	
老子、孔子、墨子及其学派	梁启超 著	
春秋战国思想史话	嵇文甫 著	
晚明思想史论	嵇文甫 著	
新人生论	冯友兰 著	

中国哲学与未来世界哲学	冯友兰 著	
谈美	朱光潜 著	
谈美书简	朱光潜 著	
中国古代心理学思想	潘菽 著	
新人生观	罗家伦 著	
佛教基本知识	周叔迦 著	
儒学述要	罗庸 著	杜志勇 辑校
老子其人其书及其学派	詹剑峰 著	
周易简要	李镜池 著	李铭建 编
希腊漫话	罗念生 著	
佛教常识答问	赵朴初 著	
维也纳学派哲学	洪谦 著	
大一统与儒家思想	杨向奎 著	
孔子的故事	李长之 著	
西洋哲学史	李长之 著	
哲学讲话	艾思奇 著	
中国文化六讲	何兹全 著	
墨子与墨家	任继愈 著	
中华慧命续千年	萧萐父 著	
儒学十讲	汤一介 著	
汉化佛教与佛寺	白化文 著	
传统文化六讲	金开诚 著	金舒年 徐令缘 编
美是自由的象征	高尔泰 著	
艺术的觉醒	高尔泰 著	
中华文化片论	冯天瑜 著	
儒者的智慧	郭齐勇 著	
中国政治思想史	吕思勉 著	
市政制度	张慰慈 著	
政治学大纲	张慰慈 著	
民俗与迷信	江绍原 著	陈泳超 整理

政治的学问	钱端升 著	钱元强 编
从古典经济学派到马克思	陈岱孙 著	
乡土中国	费孝通 著	
社会调查自白	费孝通 著	
怎样做好律师	张思之 著	孙国栋 编
中西之交	陈乐民 著	
律师与法治	江 平 著	孙国栋 编
中华法文化史镜鉴	张晋藩 著	
新闻艺术（增订本）	徐铸成 著	
经济学常识	吴敬琏 著	马国川 编
中国化学史稿	张子高 编著	
中国机械工程发明史	刘仙洲 著	
天道与人文	竺可桢 著	施爱东 编
中国医学史略	范行准 著	
优选法与统筹法平话	华罗庚 著	
数学知识竞赛五讲	华罗庚 著	
中国历史上的科学发明（插图本）	钱伟长 著	

出版说明

"大家小书"多是一代大家的经典著作,在还属于手抄的著述年代里,每个字都是经过作者精琢细磨之后所拣选的。为尊重作者写作习惯和遣词风格、尊重语言文字自身发展流变的规律,为读者提供一个可靠的版本,"大家小书"对于已经经典化的作品不进行现代汉语的规范化处理。

提请读者特别注意。

北京出版社